The Midnight Library

Série créée par Working Partners Limited, W6 0QT Londres, Royaume-Uni
Publié pour la première fois en anglais en 2006
par Hodder Children's Books sous le titre *The Midnight Library – Liar.*

Loi n° 49956 du 16 juillet 1949
sur les publications destinées à la jeunesse
ISBN : 978-2-09-251719-2

NICK SHADOW

THE MIDNIGHT LIBRARY

Histoires de Tina Barrett
Traduites de l'anglais par Alice Marchand

VOLUME V MENTEUSE

Nathan

Un grand merci à Tina Barrett.

JE VOUS SOUHAITE LA BIENVENUE, CHERS LECTEURS…

Je m'appelle Nick Shadow, et je suis le conservateur
d'une bibliothèque secrète :

THE MIDNIGHT LIBRARY

Je vous entends d'ici :
Où est cette bibliothèque ?
Pourquoi n'en avons-nous jamais entendu parler ?
Pour votre sécurité, il vaut mieux que ces questions restent sans réponse. Cependant… si vous me promettez de ne jamais révéler où vous avez trouvé cette information (quelle que soit la personne ou la *chose* qui exige de le savoir), je vais vous dévoiler ce que je conserve ici, dans cet antique sous-sol. Après des années de recherches, j'ai rassemblé la plus terrifiante collection de récits du monde. Ils vous glaceront le sang, vous donneront la chair de poule et feront trembler vos petits os fragiles. Mais prenez votre courage à deux mains et tournez la page… Après tout, que peut-il vous arriver de si terrible ?

MENTEUSE

Lauren Wolfe colla le front contre la vitre du bus. Le verre était froid et dur contre sa peau, elle sentit chaque cahot et chaque secousse du court trajet pour rentrer chez elle depuis le collège. Elle était assise toute seule, comme d'habitude, tandis que les autres élèves de sa classe, confortablement entassés par groupes dans l'allée centrale, bavardaient et riaient tranquillement ensemble. Elle avait treize ans aujourd'hui, et personne ne lui avait souhaité un joyeux anniversaire.

À travers les gouttes de pluie qui dégoulinaient sur la vitre, elle observa une jeune maman qui poussait un landau dans High Street. Elle se réjouit soudain d'avoir une place au chaud dans le bus, alors que les flots de voitures passaient devant cette femme et son bébé en les éclaboussant. Lauren recula vivement la tête, choquée, quand la femme traversa devant eux sans regarder, en se jetant sur la chaussée avec le landau. Les voitures s'arrêtèrent en dérapant et Lauren cria, affolée. Le conducteur du bus freina brutalement et tout le monde fut projeté vers l'avant.

– Hé, doucement ! hurla un garçon depuis la banquette de l'arrière.

Lauren empoigna la barre métallique fixée à la cabine du conducteur pour se redresser. Pendant qu'elle s'efforçait de reprendre une position normale, elle entendit les autres passagers se plaindre, derrière elle.

– Vous n'avez pas le permis de conduire ? cria quelqu'un au conducteur.

– À mon avis, il n'y avait pas encore d'examens de conduite quand il était jeune, railla quelqu'un d'autre. À l'époque, il n'y avait que des attelages tirés par des chevaux !

Tout le monde s'esclaffa, y compris Lauren. Elle regarda autour d'elle pour partager son amusement avec quelqu'un, mais ne trouva personne. « Tu finiras par te faire des amis, se dit-elle en soupirant. Ça fait seulement deux semaines que tu es dans ce collège. Les choses seront différentes, ici, tu verras. »

Quand le conducteur redémarra, elle reposa la tête contre la fenêtre pour sentir la fraîcheur du verre sur sa peau – et pour se rassurer sur la réalité de sa propre existence.

Le bus avança par à-coups, en recrachant des passagers par ses portes sur tout le chemin avec un sifflement de serpent. Derrière Lauren, les papotages bruyants se muèrent en cris et rires stridents. Elle tendit l'oreille pour savoir ce qui amusait tant ses camarades. Quel enfer d'être aussi timide ! Des larmes lui picotèrent les yeux, mais elle les ravala aussitôt. Sa timidité avait toujours été un véritable handicap. Dans son dernier collège, ça la paralysait même tellement qu'elle avait cessé ses efforts pour se trouver des amis et s'était contentée de faire tapisserie. « Quand on fait tapisserie, songea-t-elle, on reste à l'arrière-plan et les autres vous remarquent à peine. » C'était une existence solitaire, mais ça valait mieux que d'être la risée de tous, raisonna-t-elle.

Ensuite, Lauren espionna discrètement ce qui se disait de l'autre côté de son appuie-tête. Elle écouta un groupe de filles de sa classe qui étaient assises au fond et discutaient allègrement de vêtements et de shopping. Elle connaissait leurs noms, pour la plupart, en particulier celui de la fille qui parlait le plus : elle s'appelait Chantelle et elle était cool. Elle avait des cheveux noirs qui semblaient naturellement brillants et des yeux d'un bleu saisissant. Et elle agrémentait toujours sa tenue de collégienne avec des accessoires hyper cool.

– Ces créoles sont géniales, et elles ont des diamants fantaisie sur tout le tour… Je les ai achetées pour trois fois rien chez Trend, dans High Street, disait Chantelle.

Lauren vit les autres s'attrouper autour d'elle et admirer ses nouvelles boucles d'oreilles avec des « ooooh » et des « aaah ».

Elle tâta ses lobes nus. Lauren ne portait jamais de boucles d'oreilles – ni de bijoux quelconques, d'ailleurs. Elle n'était pas franchement spécialiste de la mode. Les joues échauffées par une pointe de jalousie, elle se demanda ce que ça faisait d'avoir de l'assurance, d'être le centre de l'attention et d'avoir toutes les filles de sa classe autour de soi, à vous bombarder de regards admiratifs et de compliments. Ça ne devait pas être désagréable...

Soudain, Lauren sursauta. Perdue dans ses pensées, elle n'avait pas remarqué que quelqu'un s'était assis à côté d'elle. Et ce n'était pas n'importe qui, ce quelqu'un. C'était un garçon. Le garçon le plus mignon que Lauren ait jamais vu, par-dessus le marché.

Il lui fit un sourire – un grand sourire chaleureux.

– Tu es la nouvelle, pas vrai ? Laura, c'est ça ?

Il avait des yeux immenses, couleur caramel, et des cheveux bruns qui lui retombaient en belles boucles indisciplinées sur le front. Lauren se força à arrêter de le contempler bêtement et tenta de se concentrer sur ce qu'il disait.

Elle eut du mal à répondre.

– Je... Je suis... euh... Je veux dire... salut.

Oh, non, elle allait passer pour une demeurée totale ! Lauren se serait volontiers giflée. Elle avait voulu dire : « Salut ! Je m'appelle Lauren et pas Laura, en fait, mais je suis enchantée de te rencontrer. » Au lieu de quoi, elle était là à sourire comme une abrutie.

– Bon. En tout cas, je m'appelle Marcus Hodges.

Lauren regarda Marcus repartir dans l'allée. Que n'aurait-elle pas donné pour sortir avec un garçon comme lui !

Pendant un moment, elle s'autorisa à l'envisager, et son cœur se mit à battre la chamade. Et alors ? Il s'était assis à côté d'elle, non ? Et puis il connaissait son prénom ! D'accord, il l'avait appelée Laura au lieu de Lauren… mais c'était un début ! Au moins il l'avait remarquée. Cette idée la fit rougir et un grand sourire s'étira sur son visage. Peut-être que les choses seraient bel et bien différentes, ici, au bout du compte. Son anniversaire commençait à lui paraître plus joyeux.

Lauren jeta un coup d'œil derrière son siège, mais elle le regretta aussitôt. Marcus était debout à côté de Chantelle et ils se tenaient si près l'un de l'autre que leurs nez se touchaient presque. Chantelle gloussait, rayonnante, et Marcus tripotait l'écharpe qu'elle avait autour du cou, tout en passant une main sur ses nouvelles boucles d'oreilles.

Gênée, Lauren avait les joues en feu. Quelle *idiote* d'avoir imaginé qu'un garçon comme Marcus pourrait jamais s'intéresser à quelqu'un comme *elle* ! Le bus s'approchait de son arrêt. Elle ramassa son sac à dos et se leva. Devant la porte, elle lança un dernier regard à Marcus et Chantelle. Ils étaient toujours collés l'un à l'autre, plongés dans leur petit monde à eux. En descendant du bus, Lauren fut prise d'un accès de colère. Pour la première fois de sa vie, elle en avait marre de faire tapisserie.

« Je vais cesser d'être invisible ! » se jura-t-elle en remontant la rue à grands pas décidés vers sa maison.

—

Il se mit à pleuvoir pendant que Lauren rentrait chez elle et la jeune fille décréta que c'était un jour à chocolat. Le chocolat était un ami sur qui elle pouvait toujours compter dans les moments de cafard. Elle se dirigea vers la boutique du marchand de journaux, au coin de sa rue, et poussa la porte en cherchant du liquide dans son porte-monnaie.

Dans la boutique, tout un éventail d'emballages multicolores s'étirait sur plusieurs rangées. Miam !

Lauren les étudia tous, pour choisir celui qu'elle voulait. Finalement, elle prit une barre de chocolat au lait en maxi-format.

– Fais attention, tu vas grossir ! plaisanta l'homme posté derrière le comptoir en désignant sa silhouette maigrichonne.

Lauren lui tendit l'argent.

– Je m'offre une gâterie, dit-elle avec un sourire forcé. C'est mon anniversaire.

Elle déchira l'emballage et croqua un morceau. À part Marcus, tout à l'heure dans le bus, elle s'aperçut brusquement que personne ne lui avait adressé la parole de toute la journée. « Peut-être que mes anniversaires seront tous comme ça à partir de maintenant », pensa-t-elle misérablement en mâchant son bout de chocolat.

– Ouh là là, qu'est-ce que c'est que cette tête d'enterrement ? la taquina le marchand. À croire que tu ne vas pas faire la fête, aujourd'hui !

– Pardon ? dit Lauren, qui ne comprenait pas où il voulait en venir.

– Tu ne vas pas faire une fête ?

Il était tout sourire.

Lauren faillit s'étrangler sur sa bouchée de chocolat. Elle n'avait rien prévu de tel. Pour tout dire, elle ne savait même pas si ses parents seraient là quand elle rentrerait. Ils travaillaient toujours tard.

– Tu vas bien faire une fête, n'est-ce pas ? insista le marchand de journaux en voyant que Lauren ne répondait pas.

– Moi ? Oh, oui, bien sûr.

Elle afficha un sourire contraint.

Le marchand fourra un gros paquet de magazines en papier glacé dans un sac en plastique et le tendit à Lauren.

– Eh bien, quoi qu'il en soit, voilà un petit quelque chose de ma part. Ce sont juste des vieux numéros, mais tu pourras les regarder avec toutes tes copines.

Lauren sourit. Elle était très touchée par la gentillesse de cet homme, mais le fait que seul un étranger ait pris la peine de lui souhaiter un bon anniversaire aujourd'hui ne fit qu'aggraver les choses. Elle sentit les muscles de ses joues tressauter. Elle savait que c'était le premier signe de l'arrivée des larmes.

– Merci, dit-elle d'une petite voix. Je crois que je vais prendre une autre barre chocolatée avant de partir.

—

Comme Lauren l'avait craint, la maison était vide quand elle arriva, mais ça ne la dérangea pas autant qu'elle l'avait pensé. Elle entra dans la cuisine et trouva une pile de cartes sur la table. Elle examina les enveloppes et reconnut toutes les différentes écritures – rien que des cousins, des oncles et des tantes. Sympa – mais pas aussi sympa que si elle avait reçu des cartes de la part de ses amis.

À cet instant, elle entendit la porte d'entrée s'ouvrir.

– Il y a quelqu'un ? Bon anniversaire, ma grande ! lança son père.

– Papa ! s'écria-t-elle en courant dans l'entrée.

Elle sauta au cou de son père.

– Je voulais rentrer tôt pour ton anniversaire, mais il y avait des bouchons impossibles. Excuse-moi.

– C'est pas grave, lui assura Lauren sans le lâcher.

– Ça va, chérie ? demanda-t-il, un nuage d'inquiétude voilant ses traits.

– Maintenant, oui. Ça me fait juste plaisir de te voir, papa.

– Viens voir ce qu'on t'a acheté, ta mère et moi !

Le visage de Lauren se fendit d'un grand sourire. Voilà qui était mieux !

– Treize ans aujourd'hui, Lolly, dit son père en lui posant un baiser sur le haut de la tête. Tu auras bientôt l'âge de voter...

– Minute ! Avant ça, j'aurai le droit d'apprendre à conduire ! s'esclaffa-t-elle.

Elle se couvrit les yeux avec les mains et son père l'entraîna dans le couloir, vers la salle à manger.

La porte d'entrée claqua de nouveau.

– C'est moi ! lança la mère de Lauren. Il y a des bouchons impossibles, ce soir. Oh, vous avez commencé sans moi ? Interdit de regarder ! dit-elle à sa fille pour la taquiner. Tu dois attendre qu'on t'y autorise.

Lauren entendit un bruit de plastique et de carton qu'on ouvrait. Elle eut peine à réfréner son excitation.

– Allez, vite ! s'impatienta-t-elle.

– D'accord, dit son père en lui décollant les mains des paupières. Tu peux ouvrir les yeux, maintenant.

Là, devant elle, sur la table de la salle à manger, trônait un ordinateur tout neuf.

Lauren s'étrangla de plaisir.

– C'est pour moi ?

– Oui, confirma sa mère. Tu peux le mettre dans ta chambre.

– Il a un écran plat, une souris sans fil et une connexion ADSL pour Internet, précisa son père, l'éternel fou d'informatique.

– C'est le meilleur cadeau que j'aie jamais eu ! s'exclama Lauren, ravie. On peut l'installer ?

– Commençons d'abord par l'essentiel… dit sa mère. J'ai apporté ton menu préféré pour le dîner : des plats chinois !

Lauren eut un sourire radieux. Son anniversaire se révélait plutôt chouette, finalement – jusqu'à ce que la conversation, à table, tombe sur le collège.

– Tu as passé une bonne journée ? lui demanda sa mère en prenant une chips aux crevettes.

– Super, mentit Lauren.

– Tu aurais pu inviter un copain ou une copine, si tu voulais, reprit sa mère.

– Je sais, dit Lauren sans lever les yeux de son assiette.

Elle se sentit rougir. Comment aurait-elle pu

expliquer qu'elle n'avait pas d'amis à inviter à la maison, en fait ? Son père vint à la rescousse.

– Chérie ! C'est de Lauren qu'on parle, je te rappelle ! intervint-il avant d'adresser un clin d'œil à sa fille. Elle est bien trop occupée par ses devoirs pour ce genre de choses.

Puis il changea de sujet :

– Au fait, j'ai bavardé avec un de mes collègues, aujourd'hui. Il a une fille qui est dans la classe de Lauren. Je crois qu'elle s'appelle Chanteuse ou Canterelle ou quelque chose comme ça…

– Chantelle, corrigea Lauren.

– C'est ça ! Eh bien, apparemment, il n'a pas tiré le gros lot avec elle. Elle passe son temps sur Internet, à papoter dans ces fameux forums de discussion. Ses notes sont gravement en baisse et elle ne travaille jamais.

– Tu ne vas pas faire ça, toi, Lauren, hein ? la questionna sa mère avec inquiétude.

– Je ne sous-entendais pas que Lauren… commença son père.

– Bien sûr que non, maman ! répliqua Lauren, coupant son père en plein milieu de sa phrase.

Ses nouilles préférées avaient un goût de paille, tout à coup. Si son père avait cherché à lui remonter le moral, il avait lamentablement échoué. Elle essaya de manger le reste de son dîner, mais elle avait perdu l'appétit.

– On peut installer mon ordinateur maintenant, papa ? demanda-t-elle, pressée de sortir de table et de mettre fin à cette conversation.

Son père échangea un regard soucieux avec sa mère.

– Je te rejoins dans deux minutes, Lolly. Tu n'as qu'à aller regarder un peu la télé dans le salon.

Lauren partit s'affaler sur le canapé.

Une petite flamme de convoitise s'allumait au fond d'elle-même...

Elle voulait être comme ces filles qui sont au centre de la conversation dans les forums de discussion. Elle voulait s'y connaître en musique et en fringues.

Les yeux braqués sans la voir sur l'émission qui passait à la télévision, elle décida qu'elle en avait définitivement assez de s'y connaître en algèbre, trigonométrie et autres trucs barbants qui ne lui servaient jamais à rien.

—

Un peu plus tard, Lauren était assise devant son bureau, dans sa chambre, avec l'ordinateur branché et prêt à être allumé. Elle fit une bise à son père.

– Merci. J'adore mon cadeau. Il est génial.

– Si tu as besoin d'aide, dit son père en se dirigeant vers la porte, appelle-moi.

Avant de sortir de la chambre, il plongea une main dans sa veste et en sortit sa carte bancaire.

– Achète-toi des livres avec ça, si tu veux. Bon anniversaire, chérie.

– Merci, papa !

Lauren appuya sur le bouton d'alimentation et l'écran s'anima. Elle sourit par anticipation. Un ordinateur ! Elle avait un ordinateur ! Voilà plus d'un an qu'elle tannait ses parents pour qu'ils lui en achètent un. Vite, elle se connecta sur Internet, puis se laissa aller contre le dossier de son siège. « Qu'est-ce que je pourrais aller voir en premier ? » se demanda-t-elle. Sans vraiment réfléchir, elle posa les mains sur le clavier et entra « musique pop » dans la barre de recherche.

Des milliers de résultats s'affichèrent devant ses yeux. Lauren se sentit débordée, tout à coup. Comment s'appelait le groupe dont elle avait entendu les filles parler aujourd'hui, au collège ? Elle voulait acheter de la musique et non encore des livres. Sa main hésita au-dessus de la souris. Le problème, c'était que Lauren n'était pas absolument certaine de se rappeler le nom du groupe. Elle ne voulait pas acheter les mauvais CD…

Soudain, elle eut un éclair de génie. Les magazines que le type de la boutique lui avait donnés ! Il y aurait forcément des informations qui pourraient l'aider, là-dedans. En effet, après seulement quelques instants de recherche, elle trouva un article intitulé : « *In* et *out*, ce qui est cool et ce qui ne l'est pas ! Le guide de tout ce qu'il faut savoir ».

Elle l'étudia attentivement. Une liste de toutes les tendances du moment était imprimée dans la colonne « in », tandis que la colonne « out » énumérait tout ce qui venait de passer de mode.

Apparemment, les créoles avec des diamants fantaisie n'étaient plus à la mode, à l'heure actuelle.

Lauren ne put retenir un sourire narquois en l'apprenant.

Dans la colonne « in », elle lut que les ballerines, les jupes en jean et les bonnets étaient les articles à acquérir absolument, en matière de vêtements. Le rouge à lèvres rouge était « out », tandis que le gloss rose était « in ». Enfin, elle arriva à la rubrique qu'elle cherchait : la musique. D'après *Teen Power* (un fait confirmé par *Girl Spirit*), Scum était passé de mode, tandis que les Chinchillas étaient le nouveau groupe tendance – un succès qu'ils devaient surtout à leur chanteur super cool, Luke Skyler.

Lauren prit la carte bancaire de son père. L'album des Chinchillas s'étalait devant ses yeux sur l'écran, alléchant. Avant de pouvoir changer d'avis, elle glissa d'un clic le CD dans son panier d'achats et, quand le formulaire apparut, saisit le numéro de la carte sur la page sécurisée.

Le paiement fut effectué instantanément et l'écran de confirmation s'afficha. *Merci pour votre confiance. Votre commande va être traitée immédiatement. Cliquez ici pour continuer vos achats.*

Maintenant que les renseignements nécessaires au sujet de la carte bancaire de son père étaient enregistrés sur le site, Lauren s'offrit deux autres CD recommandés par l'un de ses magazines. Une fois déconnectée, elle se plongea dans ses journaux. Il y avait une rubrique consacrée exclusivement aux meilleurs forums de discussion en ligne. Apparemment, une foule de collégiens s'y connectaient pendant les cours d'informatique. Par conséquent, on avait fini par les interdire durant les heures de cours. Lauren avait entendu des élèves de sa classe parler d'un certain forum appelé Hors-Zone. À les croire, on y abordait tout ce qui se passait de cool dans leur région – il était donc fréquenté essentiellement par les gens de son collège et des établissements des villes voisines.

Lauren se mit à rêvasser. Marcus Hodges était-il un abonné de Hors-Zone ? Elle eut soudain une envie irrésistible de se connecter pour s'en rendre compte par elle-même. Il suffisait qu'elle tape l'adresse Internet du forum. Prise d'une bouffée d'excitation, elle se demanda ce qu'elle ferait si Marcus utilisait bel et bien ce site. Elle pourrait peut-être faire sa connaissance par l'intermédiaire du forum… En ligne, au moins, elle n'aurait plus de problèmes de langue qui fourche.

Encouragée par cette idée, elle ne put s'empêcher de taper l'adresse dans son navigateur. Son doigt hésita nerveusement au-dessus du bouton de la souris. Elle n'était qu'à un clic du forum quand elle entendit la voix de son père, qui lança du pied de l'escalier :

– Tu as trouvé quelque chose qui te plaît, Lauren ?

Elle éteignit aussitôt l'écran.

– Euh… oui, merci, papa ! cria-t-elle.

Elle arrêta son nouvel ordinateur et enfila son pyjama – mais elle n'était pas fatiguée du tout. Elle réfléchit. « Si je veux arrêter d'être invisible, il faut qu'on me remarque pour les bonnes raisons. » La jeune fille se glissa dans son lit avec une pile de magazines à côté d'elle. Elle était décidée à être bien préparée, la prochaine fois qu'elle se connecterait sur Hors-Zone.

—

Pendant toute la semaine, Lauren étudia les magazines et les sites Internet pour connaître les dernières tendances de la musique et de la mode. Ses nouveaux CD arrivèrent par la poste et ils lui plurent beaucoup. Elle commençait à devenir plus sûre de ce qu'elle savait. Le reste du temps, elle écoutait les filles de sa classe à la cantine du collège ou dans le bus, sur le chemin du retour. Pour tenter de se mettre au courant des derniers ragots, elle s'asseyait au milieu du bus et non à sa place habituelle au premier rang. C'était l'endroit idéal pour s'informer de ce qui se passait.

Au bout de quelques jours, Lauren se décida. Ce soir, elle prendrait le taureau par les cornes et s'aventurerait sur Hors-Zone.

Quand elle eut fini de dîner, elle gagna sa chambre et lança son ordinateur. Pendant qu'elle attendait nerveusement qu'il s'allume, elle mit un de ses nouveaux CD et monta le volume. Au bout de quelques secondes, des riffs de guitare stridents emplirent sa chambre et, soudain, Hors-Zone apparut sur son écran. De vives couleurs fluorescentes brillaient sur un fond violet. Lauren cligna des yeux, essayant de trouver des repères sur la page. En haut de l'écran, une banderole colorée affichait : *Hors-*

Zone, forum de discussion. Le rendez-vous des ados d'ici et d'ailleurs.

En dessous, il y avait des photos d'adolescents parfaits, tous habillés à la dernière mode, en train de bavarder et de rire ensemble. *Bienvenue sur le forum le plus cool du cyber-espace,* disait une dernière banderole. *Thèmes de discussion du jour sur ce site : la vie des stars, musique, blablas entre nous, mode & beauté.*

À cet instant, elle remarqua un lien en haut de la page : *Bonjour, nouveau venu. Tu peux t'inscrire en tant que visiteur pour participer à ce forum. Clique ici pour commencer !*

C'était exactement ce qu'il lui fallait. Soulagée, elle cliqua sur le lien.

Merci, visiteur. Maintenant que tu t'es identifié, tu peux laisser des messages sur tous les fils de discussion de Hors-Zone.

Lauren cliqua sur « musique » et une nouvelle page s'afficha. Mais à sa grande frustration, la jeune fille découvrit qu'elle avait encore des choix à faire. « Sujets de la rubrique musique », annonçait la banderole. En dessous, une nouvelle liste s'affichait.

– C'est tellement compliqué ! soupira Lauren.

Elle examina les divers fils de discussion énumérés sur l'écran : « Secrets de gothiques », « Vie et mort de Scum », « Rap », « Garage », « Rock »... Il n'y avait rien que Lauren connaisse un tant soit peu, mais à l'instant où elle allait partir voir une autre rubrique, elle repéra un fil de discussion intitulé : « La montée des Chinchillas ».

– Enfin un groupe que je connais ! dit-elle tout haut avec un sourire.

Une longue liste de messages sur les Chinchillas apparut sur l'écran avec un bouton « répondre » à côté de chacun, au cas où quelqu'un ait un commentaire ou une réponse à donner.

Luke Skyler des Chinchillas est tellement canon ! disait l'un des messages.

Est-ce que l'un d'entre vous l'a rencontré ? écrivit quelqu'un qui s'appelait « ChanT ».

Lauren sursauta, inquiète. Pouvait-il s'agir de Chantelle ? En effet, son nom de famille était Thompson.

Ensuite, Lauren parcourut la longue liste de gens qui avaient posté des messages, pour essayer de déterminer si l'un des pseudonymes pouvait être celui de Marcus. Avec une pointe de déception, elle découvrit qu'il n'y en avait aucun qui ressemblait à « Marcus Hodges ». Finalement, elle trouva une page qui indiquait quels membres du forum étaient connectés à ce moment-là. Elle identifia certains pseudonymes, comme « ChanT » pour Chantelle Thompson et « JoC » pour sa meilleure copine, Josie Culver, mais il n'y avait personne dont le pseudo pouvait correspondre à Marcus parmi les gens qui étaient en ligne.

Elle s'apprêtait à se déconnecter, quand la curiosité prit le dessus. Elle se surprit à cliquer sur le bouton « répondre » de la question de Chantelle au sujet de Luke Skyler, le chanteur des Chinchillas.

« Ça ne peut pas me nuire de répondre, songea-t-elle. Après tout, je me suis enregistrée sous le nom de "Visiteur". Personne ne sait qui je suis. » Elle commença à taper.

Je n'ai pas exactement rencontré Luke Skyler, commença-t-elle, *mais je sais des tas de choses sur lui.*

Avec une profonde inspiration, Lauren cliqua sur le bouton « envoyer ».

Aussitôt, elle vit son message s'afficher avec le pseudo « Visiteur » à côté. Le souffle court, elle se mit à trépider d'excitation. Ça y est, elle l'avait fait ! Elle se demanda si Chantelle prendrait seulement la peine de lui répondre, mais presque immédiatement, une réponse apparut.

Salut Visiteur, avait écrit Chantelle. *Dis-moi tout.*

Lauren sourit, ravie d'avoir pris ce risque. Heureusement qu'elle avait lu le portrait de Luke Skyler dans *Yes* ce matin !

Eh bien… Je sais qu'il est Gémeaux et que son anniversaire tombe le 12 juin. Son plat préféré, c'est les frites. Et il est né à Amsterdam.

Elle appuya sur « envoyer » et attendit. La réponse ne mit pas longtemps à arriver. Lauren avait décidément retenu l'attention de Chantelle.

Cool. Moi aussi, j'adore les frites. Il est tellement craquant ! On a vachement de choses en commun ! Qu'est-ce que tu sais d'autre ? D'ailleurs t'es qui, « Visiteur » ?

La dernière question figea Lauren sur son siège. Elle était sur la sellette, à présent. Était-elle prête à se démasquer ?

Légèrement paniquée, elle prit son temps pour composer sa réponse.

Peu importe qui je suis, écrivit-elle finalement. *Je suis une immense fan des Chinchillas, comme toi.*

Elle essaya de changer de sujet :

Leur nouvel album est génial, surtout la chanson qui s'appelle « You're gone ». Il y a un super passage instrumental, à la fin, où les violons font un staccato bluffant.

Mais dès qu'elle eut appuyé sur « envoyer », elle se rendit compte qu'elle avait commis une erreur. La réponse lui parvint au bout de quelques secondes :

Les violons ? Tu te fiches de moi ?

Lauren avait les paumes moites. Personne ne s'intéressait aux instruments de musique classique ! Les gens de son âge parlaient de riffs de guitare, de chanteurs cool et de boucles d'oreilles. Elle s'était aventurée trop loin : elle n'avait plus pied et elle risquait de se noyer. Il fallait qu'elle répare son erreur.

Je plaisantais, tapa-t-elle. *Tu sais que la couleur préférée de Luke Skyler est le violet ?*

Tout le monde le sait, répondit ChanT.

Avant d'ajouter rapidement :

Dis-nous qui tu es, Visiteur. On n'aime pas les gens qui s'incrustent dans nos discussions sans y être invités, surtout ceux qui font n'importe quoi pour s'intégrer. Allez... T'es qui ?

Lauren était vraiment inquiète, à présent. Elle prit une décision sans réfléchir et commença à taper :

Tu m'as peut-être vue dans le bus du collège. Je m'appelle Lauren.

Mais c'était trop tard. Un nouveau message s'affichait sur son écran :

Je crois que j'ai deviné qui tu es ! Tu es cette pauvre coincée qui se cache derrière les sièges pour espionner tout le monde dans le bus. Il n'y a qu'une tache comme toi pour aimer la musique classique. C'était bien essayé, quand tu as voulu faire croire que tu aimais les Chinchillas... HA HA HA !

Les joues rouges de honte, Lauren lut les autres réponses qui s'affichèrent en une rapide succession.

Lauren, la reine des taches ! dit un deuxième message de ChanT.

T'as rien d'autre à faire ? Va voir ailleurs si on y est ! intervint JoC.

Barre-toi, la tache !!!!! conclut ChanT.

– Non ! cria Lauren, frustrée.

Elle s'écroula sur son siège, les yeux brûlants de larmes. Pourquoi fallait-il que les choses aient tourné ainsi ? Son cœur se serra. Elle quitta le site et se déconnecta. Maintenant, il n'y avait plus aucun espoir que ces filles deviennent ses amies. Son seul réconfort, c'était que, pour autant qu'elle sache, Marcus n'était pas en ligne, ce soir, et n'avait pas été témoin de son humiliation.

Avec un peu de chance, il ne l'apprendrait jamais.

—

Mais Lauren se trompait. Quand elle arriva au collège, le lendemain matin, on la montra du doigt en riant. Manifestement, Chantelle avait pris soin de raconter l'affaire à tout le monde.

– Oh, regardez ! s'exclama-t-elle quand Lauren s'installa à sa place avant l'appel. Voilà notre « visiteur » ! Dommage que ce soit un visiteur indésirable !

Tout le monde éclata de rire, même Marcus, et Lauren eut l'impression de recevoir un coup de poing en pleine poitrine. Pourquoi ne s'était-elle pas contentée de rester anonyme ? Certes, elle était désormais au centre de l'attention, mais pas pour les raisons qu'elle avait voulues.

– Qu'est-ce que tu t'imaginais, Laura ? lui glissa Marcus. Tu aurais dû être toi-même, tout simplement, au lieu de te cacher. Ça aurait suffi.

Lauren le regarda s'éloigner, encore plus confuse et déconcertée qu'avant. Être elle-même ? Elle n'y avait même pas pensé. Bien, ça valait peut-être la peine d'être tenté...

—

Ce soir-là, encouragée par la remarque de Marcus, Lauren décida de réessayer. Elle se connecta de nouveau sur Hors-Zone. Cette fois, elle choisit d'afficher clairement qui elle était. Elle prit le pseudonyme « Visiteur_indésirable ». Lauren était déterminée à faire exactement ce que Marcus lui avait conseillé – à parler aux autres sans se cacher.

Elle trouva les gens de sa classe en train de discuter dans la rubrique « blablas entre nous » et décida de démarrer un nouveau fil de discussion.

Salut tout le monde, c'est le visiteur indésirable ! Désolée pour hier soir. Est-ce que quelqu'un veut discuter ?

Elle vit son message apparaître sur l'écran et attendit.

Cinq minutes passèrent.

Puis dix. Personne ne répondit.

« Ils sont peut-être tous partis dîner », se dit Lauren avec espoir. Elle ouvrit la page qui montrait les membres connectés sur Hors-Zone et finit totalement démoralisée. Ils étaient tous encore en ligne. C'était juste qu'ils ne postaient pas de messages sur le fil de discussion de Lauren.

Elle fit une dernière tentative.

Je me doute bien que vous êtes tous énervés par ce qui s'est passé hier soir, mais je suis vraiment désolée. On peut discuter ? tapa-t-elle, les doigts légèrement tremblants.

Un nouveau quart d'heure s'écoula, sans réponses. Elle sentit l'amertume et la colère l'envahir. Qu'avait dit Marcus, déjà ? Qu'il lui suffisait d'être elle-même ? Eh bien, le forum lui avait prouvé le contraire.

Être elle-même ne suffisait pas.

De toute évidence, Chantelle et les autres ne voulaient pas entendre parler de Lauren, qu'elle soit « Visiteur » ou qu'elle soit elle-même. Piteuse, elle se déconnecta et reposa brutalement la souris sur son bureau, avant d'éteindre son ordinateur. Elle mit les Chinchillas pour essayer de se remonter le moral, mais quand la musique commença, elle fut submergée par une vague de dégoût généralisé et enfonça rageusement le bouton « stop » avec un doigt.

Lauren était assise là, découragée, quand son regard tomba sur l'un de ses magazines, ouvert à côté d'elle. Un superbe mannequin la fixait depuis les pages de papier glacé.

– Si seulement j'étais toi… dit Lauren à la fille du magazine. Tout le monde voudrait faire ma connaissance.

La jeune fille se redressa brusquement. À peine ces mots avaient-ils quitté sa bouche qu'une idée lui était venue à l'esprit. Elle sut tout de suite quoi faire.

Elle se rassit devant son ordinateur et attendit impatiemment qu'il s'allume. Une fois en ligne, elle se reconnecta aussitôt sur Hors-Zone. Elle ouvrit la page d'inscription et révisa fébrilement son profil. C'était si simple, si évident ! Marcus lui avait dit d'être elle-même – mais il avait eu tort. Elle avait été elle-même toute sa vie et ça n'avait jamais été assez bien. Elle repartit chercher ses camarades de classe dans la rubrique « blablas entre nous ».

Si les gens ne l'aimaient pas telle qu'elle était, la solution était d'être quelqu'un de *totalement différent*.

Pendant qu'elle tapait, un grand sourire s'étira sur son visage. Elle allait bien s'amuser.

Salut tout le monde, je m'appelle Jennifer, écrivit-elle. *Je viens de rencontrer Luke Skyler des Chinchillas. Est-ce que quelqu'un veut discuter ?*

—

Lauren constata avec stupeur que le temps avait passé comme une flèche. Il y avait tant de monde à vouloir discuter avec « Jennifer » qu'il était minuit quand elle éteignit son ordinateur.

Chantelle avait été la première à lui répondre. Elle avait exigé tous les détails croustillants sur la rencontre de Jennifer avec Luke Skyler. Lauren avait légèrement hésité avant de taper sa première réponse. Elle savait que tout ce qu'elle tapait sous l'identité « Jennifer » serait forcément un mensonge, et elle n'aimait pas mentir. « Mais Jennifer n'existe pas, alors où est le problème ? » avait-elle fini par se dire, avant de se mettre à taper.

Je fais un peu de mannequinat et j'ai croisé les Chinchillas sur le plateau pendant une de mes séances photo. Luke Skyler était vraiment canon, encore plus beau que sur les photos. Et puis il était super sympa, pas prétentieux ni rien. Il m'a même fait la bise et il a signé mon T-shirt parce que je n'avais pas de papier.

Lauren appuya sur le bouton « envoyer ». Quand son message apparut sur l'écran, elle le relut. C'était un mensonge tellement énorme qu'elle ne pouvait pas imaginer que quelqu'un l'avalerait jamais. Mais à sa grande surprise (et pour son plus grand plaisir !), tout le monde la crut.

Elle reçut même des tonnes de réponses à son message, pas seulement de la part de Chantelle, mais aussi de Josie et d'au moins dix autres personnes de son collège qu'elle put identifier grâce à leur pseudonyme. Elle lut leurs commentaires avec stupeur.

Grosse veinarde !

Tu penses que tu pourrais m'aider à le rencontrer ?

Tu es vraiment mannequin ?

Comment tu as fait pour devenir mannequin ?

Pour quels créateurs tu travailles ?

Cette dernière question la fit rire. Elle n'avait pas imaginé que quiconque puisse vraiment croire que Jennifer était mannequin. Elle feuilleta ses magazines en quête d'inspiration pour sa réponse.

J'ai été remarquée dans la rue par une grande agence. J'ai fait des tas de photos, pour Calvin Klein et un paquet d'autres. Mais le mannequinat, c'est hyper ennuyeux. Quand j'aurai fini le lycée, je veux faire des études d'art. Mais à part ça, je suis capitaine de l'équipe de hockey de mon collège, et un entraîneur des jeux Olympiques m'a proposé de faire un essai pour l'équipe nationale dès que j'aurai seize ans. C'est vachement dur de décider. Qu'est ce que vous feriez, vous ?

Lauren appuya sur « envoyer » et s'aperçut qu'elle avait un grand sourire. Ça faisait longtemps qu'elle n'avait pas été aussi heureuse. Elle contrôlait la situation et elle était au centre de l'attention. Plus important encore : tout le monde – y compris Chantelle et Josie – semblait la trouver cool.

Mais quand elle relut son dernier message, il lui parut ridicule – exagéré et peu crédible. Quelqu'un allait sûrement lui poser des questions gênantes, maintenant ! Pendant une minute d'angoisse, elle attendit que la page se rafraîchisse.

Moi, je choisirais le mannequinat, avait répondu Josie.

Oui, aucune hésitation, ajouta ChanT. *Sois mannequin !*

—

Les quelques jours suivants, quand elle rentrait du collège, Lauren fit croire à ses parents que c'était pour faire ses devoirs qu'elle montait directement dans sa chambre, alors qu'en fait elle inventait le monde dans lequel vivait Jennifer. Elle voulait être sûre d'avoir défini chaque aspect de sa vie imaginaire.

Le jour, Lauren était toujours la même fille discrète et généralement ignorée au collège, mais la nuit, elle devenait Jennifer – un mannequin super cool avec de longs cheveux blonds magnifiques et une silhouette de rêve. Dans la peau de Jennifer, Lauren se sentait glamour et enviée.

Puis, un soir, un nouveau membre arriva sur le forum. Quand Lauren vit son pseudo, son cœur cessa de battre pendant une seconde. Elle était sûre que c'était Marcus Hodges.

Salut Jen, avait écrit MarcH.

Lauren prit une profonde inspiration et répondit :

Salut MarcH !

Ils se mirent à parler d'un nouveau film qu'elle n'avait pas vu, mais dont elle avait lu quelques critiques sur Internet.

Je suis vachement content de ne pas être le seul dingue de cinéma ! commenta MarcH.

Les suites sont souvent nulles, écrivit Lauren, *mais celle-ci était sauvée par le super jeu des acteurs.*

Tu as TOTALEMENT raison ! répondit MarcH.

Lauren n'arrivait pas à croire que Marcus et elle s'entendaient aussi bien. « Enfin, se corrigea-t-elle mentalement, c'est Marcus et *Jennifer* qui s'entendent drôlement bien… »

Le lendemain, Lauren était à la cantine en train de manger son sandwich quand Marcus, Chantelle et Josie s'assirent à la table voisine.

La conversation vira sur le cinéma et Lauren écouta Marcus parler aux autres du film dont elle avait discuté avec lui la veille au soir.

– Les effets spéciaux étaient géniaux, dit-il. Vous devriez aller le voir.

Un ami à lui, Aidan, vint s'asseoir avec eux.

– Qu'est-ce qui se passe ? De quoi tu parles, Marcus ? demanda-t-il en prenant un beignet sur le plateau de Josie avant de le fourrer dans sa bouche.

– De ce film que je suis allé voir, tu te rappelles ? répondit Marcus.

– Il est interdit aux moins de quinze ans ! Comment tu as fait pour entrer ? le questionna Josie.

– J'ai improvisé… dit Marcus en souriant.

– Oh, tu parais beaucoup plus vieux que nous, Marcus, commenta Chantelle avec un sourire coquet.

Lauren fut irritée par cette flatterie. Pourtant, à sa grande surprise, Marcus réagit à peine.

– Merci, Chantie. Bref, comme je le disais, les effets spéciaux sont géniaux. Dans une des scènes, le personnage principal tombe d'une falaise, mais il reste cramponné sur le dos de son cheval et, si incroyable que ça puisse paraître…

– … ils atterrissent tout en bas, parfaitement indemnes, puis ils partent rejoindre la bataille et ils sauvent le Graal, termina Lauren pour lui.

À la table de Marcus, tout le monde se figea et tourna la tête pour voir qui venait de parler. Lauren était si absorbée par leur conversation qu'elle avait fini la phrase par inadvertance.

– Exactement ! confirma Marcus. C'est vrai. Et l'acteur principal a même…

– … réalisé lui-même ses cascades, paraît-il, acheva Lauren.

Troublée par le regard de Marcus sur elle, elle sentit ses joues s'échauffer.

Chantelle la toisa d'un air irrité.

– Comment tu le sais ?

– Elle a dû voir le film, bien sûr, intervint Marcus.

Il se tourna vers Lauren.

– C'est ça, non ?

Lauren acquiesça, incapable de trouver une meilleure réponse. Mais de toute évidence, Chantelle n'y croyait pas.

– Menteuse ! siffla-t-elle à l'intention de Lauren. Comment une tache dans ton genre pourrait-elle obtenir une place pour un film interdit aux moins de quinze ans ? Tu n'as même pas l'air assez grande pour aller voir un film de Disney !

Cette réflexion vexa Lauren, mais au lieu de souhaiter se recroqueviller dans sa coquille, elle éprouva un sentiment nouveau : de l'assurance. Après tout, Jennifer avait débité de bien plus gros mensonges sur Hors-Zone – et Chantelle les avait gobés allègrement. Lauren savait bien que Chantelle l'agressait juste parce que c'était elle, et pas Jennifer, qui avait fait un commentaire sur le film. Si ç'avait été Jennifer qui s'était mêlée à leur conversation, personne n'aurait contesté ses dires.

– J'ai vraiment vu ce film, pourtant, rétorqua Lauren avec passion en regardant Chantelle dans les yeux. On s'est faufilées discrètement dans le cinéma avec une copine et on est restées au fond de la salle.

L'intérêt manifeste de Marcus l'encouragea à poursuivre :

– Mais on s'est fait choper par l'ouvreuse au bout d'environ une demi-heure, alors on n'a pas pu voir la fin.

– Cool, commenta Marcus avec un sourire. Je peux te raconter les scènes que tu as ratées, si tu veux.

Il se leva pour la rejoindre à sa table, mais Chantelle lui empoigna le bras et le força à se rasseoir.

– Pas la peine de te fatiguer ! C'est qu'un ramassis de mensonges, tout ça. Je ne l'ai jamais vue avec une seule copine, jamais.

– Je ne mens pas, insista Lauren.

Elle refusait de la laisser gâcher son heure de gloire.

Chantelle la regarda droit dans les yeux.

– D'accord. Alors si tu dis la vérité, qui est cette mystérieuse copine dont tu parles ?

Prise de panique, Lauren eut soudain la nausée. Que dire ? Elle vit l'autre fille plisser les paupières, une lueur de triomphe dans les yeux.

– Tu ne la connaîtras pas, commença-t-elle. Elle ne va pas au même collège que nous…

– Ben voyons, ricana Chantelle. C'est drôlement pratique !

– C'est pas pratique, c'est vrai, répliqua Lauren d'une voix égale. C'est ma meilleure amie depuis super longtemps, mais on ne se voit plus que le week-end, maintenant, parce que je n'habite plus dans la même ville qu'elle. On doit prendre rendez-vous pour se voir, quand elle n'est pas partie faire une séance photo.

Il y eut un bref silence, pendant lequel Chantelle la toisa d'un air soupçonneux.

– Laisse-la tranquille, Chantie, intervint Marcus.

– J'arrêterai quand elle m'aura donné le nom de cette copine, s'obstina Chantelle.

Pendant un moment, Lauren caressa l'idée de s'en aller sans répondre, en laissant Jennifer dans l'anonymat. Mais elle ne pouvait pas faire ça. En regardant autour d'elle, elle s'aperçut qu'elle était désormais le centre de l'attention dans la vraie vie, et pas seulement sur un forum de discussion en ligne. C'était trop chouette pour abandonner à cause de quelqu'un comme Chantelle.

– Jennifer, dit-elle sans broncher. Le nom de ma copine, c'est Jennifer.

—

Pendant le reste de la récréation de midi, Marcus partagea ses frites avec Lauren et lui expliqua en détail la fin du film, que Jennifer et elle avaient prétendument ratée. Lauren entendait à peine ce qu'il disait. Elle était trop occupée à se délecter de sa victoire sur Chantelle et à se réjouir d'être avec le garçon le plus mignon du collège, dont elle avait toute l'attention.

Elle rentra chez elle sur un petit nuage. Tout s'était bien arrangé pour elle... avec un peu d'aide de la part de Jennifer.

Ce soir-là, elle se connecta sur Hors-Zone sous l'identité de Jennifer. Il ne fallut pas longtemps pour que Marcus la trouve et se mette à envoyer des messages sur son fil de discussion.

Salut Jen, écrivit-il. *J'ai une question à te poser. Tu te souviens, tu as dit que tu avais vu le film – tu y es allée avec une copine ?*

Lauren sourit.

Oui, répondit-elle. *Pourquoi tu me demandes ça ?*

Eh bien, j'ai discuté avec une fille qui s'appelle Laura au collège aujourd'hui. Elle a dit qu'elle était entrée en cachette dans le cinéma avec sa copine Jennifer. Je me demandais si c'était toi, ou si j'avais suivi la mauvaise piste.

Lauren éprouva une pointe d'irritation.

Elle s'appelle Lauren, en fait, tapa-t-elle. *Et oui, c'est vrai que j'y suis allée avec elle. Elle est super cool, comme copine ! On se connaît depuis des années. Mon père est chirurgien à l'hôpital et la mère de Lauren est chercheur en médecine. On s'est rencontrées dans une de ces fêtes barbantes qu'ils organisent pour des associations caritatives, à l'hôpital. Lauren m'a tellement fait rire qu'elle m'a évité de mourir d'ennui, ce jour-là, et c'est resté ma meilleure amie depuis. Tu as de la chance de l'avoir dans ton collège. Tu devrais faire sa connaissance.*

« J'espère qu'il va vouloir discuter avec Lauren… je veux dire : avec moi, maintenant ! » songea la jeune fille. Mais à son grand regret, Marcus ne parut pas décidé à quitter Jennifer.

Il posta sa réponse au bout d'un court instant.

C'est toi que j'ai envie de connaître, Jennifer. Et si tu m'envoyais ton adresse e-mail pour qu'on puisse discuter en dehors du forum et mieux faire connaissance ?

Lauren poussa sur son bureau pour s'en écarter. Elle avait créé un personnage vraiment super, avec Jennifer, mais elle n'avait pas voulu ça. Elle n'avait guère eu de difficultés à changer son pseudonyme pour le remplacer par « Jennifer » afin de pouvoir discuter sur Hors-Zone. Mais elle savait qu'elle ne pouvait pas donner son adresse électronique à Marcus. Il comprendrait tout immédiatement et ne lui adresserait plus jamais la parole.

Marcus lui écrivit de nouveau :

Allez, Jen ! Pourquoi tu mets si longtemps ?

Paniquée, Lauren tapa la première chose qui lui vint à l'esprit :

Je dois y aller. À plus !

Le cœur battant, elle se déconnecta. Mentir devenait compliqué, à présent, et elle n'aimait pas devoir duper quelqu'un d'aussi sympa que Marcus. Mais d'un autre côté, elle avait désormais son attention pleine et entière. Elle eut soudain le sentiment que ça valait la peine de mentir.

—

Le lendemain matin, Lauren était sur le point de s'asseoir en classe quand elle sentit une petite tape sur son épaule. Elle se retourna et se retrouva nez à nez avec Marcus. Il avait l'air un peu nerveux, et quand il prit la parole, Lauren crut l'entendre bafouiller légèrement :

– Salut. Je... euh... Je me demandais si tu aurais une minute.

Lauren rougit. Elle remarqua Chantelle, qui la regardait d'un air furibond ; il était évident qu'elle était jalouse de voir que Marcus s'intéressait autant à elle. « Cette brave Jennifer, songea Lauren. Elle a dit tellement de bien de Lauren hier soir que ça a peut-être fini par marcher ! »

– Euh… bien sûr, répondit-elle. Qu'est-ce qui se passe ?

Marcus lui prit le bras et l'entraîna dans un coin tranquille de la salle.

– Je voulais te donner ça, déclara-t-il en lui remettant un bout de papier.

Lauren le regarda et lut l'écriture à l'encre bleue. C'était l'adresse e-mail de Marcus ! Elle eut peine à le croire. Toutes les choses positives que Jennifer avait dites au sujet de Lauren avaient dû finir par le convaincre ! Elle rayonna de bonheur.

– Est-ce que c'est… pour moi ? demanda-t-elle en relisant l'adresse sur le bout de papier.

Marcus hocha la tête et sourit.

– J'ai pensé que tu pourrais la passer à ta copine Jennifer, si ça ne te gêne pas. J'ai essayé de la lui donner hier soir, mais elle a dû partir précipitamment et elle n'est pas revenue en ligne. Mais toi, tu peux la lui donner, non ? Vu que c'est ta meilleure amie et tout ça.

Lauren eut soudain envie de vomir. Elle acquiesça sans articuler un seul mot, en s'efforçant de dissimuler sa déception.

– Merci, Lauren, c'est génial ! Je savais que je pouvais compter sur toi. Tu pourras lui donner bientôt ? demanda Marcus, radieux.

« Au moins il m'a appelée par le bon prénom, cette fois », songea Lauren. Elle se ressaisit.

– Ce soir, dit-elle en affichant le plus beau sourire qu'elle put. Je la donnerai à Jennifer ce soir.

—

Après le dîner, Lauren s'assit devant son ordinateur et se prit la tête dans les mains. Que faire ? Elle n'avait cherché qu'à se rapprocher de Marcus et à s'intégrer, rien d'autre. Mais son plan était en train d'échouer, parce que Marcus, lui, ne voulait rien d'autre que parler à Jennifer. Lauren fixa désespérément le bout de papier, qu'elle avait posé sur son bureau.

Elle examina ses options. Si elle abandonnait maintenant, elle retournerait dans l'anonymat.

Cette idée la fit frémir. Si elle faisait perdurer le mensonge en jouant le rôle de Jennifer, en revanche, elle pourrait continuer à glisser des commentaires positifs à son propre sujet. À force, Marcus finirait peut-être par la voir sous un jour nouveau et par se rendre compte qu'il la préférait à Jennifer. Les choses pouvaient vraiment tourner en sa faveur.

Ragaillardie, Lauren créa sans perdre de temps une nouvelle adresse e-mail, que Jennifer pourrait utiliser.

– Parfait, dit-elle tout haut.

Elle enregistra celle de Marcus dans le carnet d'adresses de Jennifer, puis commença à rédiger un message pour lui depuis ce compte-là.

Salut Marcus,

Lauren m'a passé ton adresse e-mail aujourd'hui. Il paraît que tu veux discuter en dehors du forum. Pas de problème.

Jen

Au bout d'un court moment, il y eut « 1 nouveau(x) message(s) » dans la boîte de réception de Jennifer.

Lauren sourit. Visiblement, Marcus était si impatient de recevoir un message d'elle qu'il guettait sa messagerie.

Salut Jen,

Exact. Content que Lauren t'ait fait ma commission. Kestufais ce soir ? Tes devoirs, ou quelque chose de plus intéressant ?

Marcus

Lauren réfléchit un moment, puis cliqua sur le bouton « répondre ».

Je suis avec Lauren, elle dort chez moi. À mon avis, je ne vais pas dormir de toute la nuit, parce qu'elle est tellement éclatante qu'on sera sans doute encore en train de rigoler au lever du soleil, demain matin !

Biz,

J.

Lauren échangea avec Marcus des messages signés Jennifer toute la soirée, en exploitant chaque occasion de se présenter sous un jour flatteur aux yeux du garçon. Il était minuit quand elle se déconnecta enfin. Euphorique, elle s'affala sur son lit, puis se rappela quelque chose : elle n'avait pas fait son travail ! Elle avait un devoir à rendre en première heure le lendemain, et en temps normal, la seule idée d'avoir des ennuis avec un prof l'aurait terrifiée. Mais ce soir-là, curieusement, elle s'en fichait. Elle ne fut capable de penser qu'à sa correspondance avec Marcus jusqu'à ce qu'elle s'endorme, vaincue par la fatigue.

—

Le cours de maths de Mr Price arriva bien trop vite au goût de Lauren. Elle débarqua en classe cinq minutes en retard avec des yeux bouffis et cernés à cause du manque de sommeil.

– Ah, Lauren. Tu as donc décidé de nous honorer de ta présence ? commenta Mr Price. J'imagine que tu arrives avec ton devoir d'algèbre sous le bras, bien sûr.

Elle ne l'avait pas et l'idée d'être dans le pétrin lui parut soudain insupportable. Elle eut l'impression de rétrécir devant son prof et ses camarades de classe. Mais soudain, quelque chose arrêta le processus, au tréfonds d'elle-même. « Qu'est-ce que Jennifer aurait fait ? » se demanda-t-elle. Elle remarqua Marcus, qui lui souriait depuis le fond de la salle, et à cet instant, elle sut exactement quoi dire.

– J'ai dormi chez une amie hier soir, Mr Price, et j'ai bien peur d'avoir oublié mon devoir de maths là-bas. Je ne m'en suis souvenue qu'une fois arrivée à l'arrêt de bus, et quand je suis retournée le chercher, ses parents étaient déjà partis au travail, alors je n'ai pas pu entrer. Ensuite, quand je suis revenue à l'arrêt, le bus était passé. C'est pour ça que je suis en retard.

À la grande surprise de Lauren, Mr Price lui fit signe de s'asseoir en disant :

– La prochaine fois, tu feras plus attention. Je compte dessus pour demain sans faute. Je n'accepterai aucune excuse.

– Oui, Mr Price, répondit Lauren en se dirigeant vers sa table.

Malgré sa fatigue, elle se sentait incroyablement bien, tout à coup. « Tous ceux qui disent que le mensonge ne paie pas sont juste de mauvais menteurs ! » pensa-t-elle avec un sourire.

—

Elle souriait encore, ravie d'avoir si bien évité les ennuis, quand elle arriva à la cantine du collège. La salle était bondée, et visiblement, il n'y avait pas de place libre pour elle. Mais Angie Johnson, l'une des filles les plus cool du collège, se leva de sa chaise et lui fit signe.

Lauren se retourna, pensant qu'Angie faisait signe à quelqu'un qui se tenait derrière elle. Mais il n'y avait personne d'autre.

– Hé, Lauren ! appela Angie. Il y a une place libre, ici.

Lauren la rejoignit et s'assit à côté d'elle en disant :

– Salut.

– Tu es une copine de Jennifer, pas vrai ? commença Angie. Bon, je fais une soirée ce week-end et j'ai pensé que vous aimeriez peut-être venir, toutes les deux. J'ai discuté avec elle sur Hors-Zone et elle a l'air drôlement cool.

Lauren n'arrivait pas à le croire. C'était la première fois qu'on l'invitait à une soirée, et par-dessus le marché, l'invitation venait d'Angie Johnson ! Elle afficha un air dégagé.

– Ça me paraît super, Angie. Je vais en parler à Jennifer et je te tiendrai au courant.

Lauren se souvenait vaguement d'avoir discuté avec une certaine « AnnJ ». Elle se remémora leur conversation sur le mannequinat. Elle n'avait pas imaginé que c'était à une fille aussi cool qu'Angie qu'elle donnait des conseils pour son look.

Chantelle arriva à leur table.

– Je vois que tu as de la visite, Angie… La visite d'une indésirable ! commenta-t-elle sèchement.

– Tu parles de Lauren ? répondit Angie. Elle n'est pas indésirable. En fait, j'étais justement en train de l'inviter à ma soirée de ce week-end avec Jennifer.

Lauren observa le visage de Chantelle, qui se mit à ressembler à un caramel mâché. Réprimant un éclat de rire, elle ajouta en la regardant dans les yeux :

– Tout à fait. Et je pense qu'on pourra venir, du moment que Jennifer n'a pas de séance photo prévue ni quoi que ce soit.

Sans piper mot, Chantelle s'assit, les yeux fixés sur son déjeuner. Angie s'installa à côté de Lauren.

– Je suis désolée pour ce qu'elle a dit, souffla-t-elle. Maintenant, parle-moi de Jen ! Ça doit être génial d'avoir une copine mannequin. Tu dois pouvoir lui emprunter des fringues et tout...

– Oh, oui, répondit Lauren. Jen est vachement généreuse. La semaine dernière, elle m'a donné une paire de sandales toutes neuves. Mais bon, elle a toujours été comme ça – depuis qu'on s'est rencontrées, à la rentrée du CP...

– Attends une seconde, l'interrompit Chantelle. Marcus m'a dit que vous vous étiez rencontrées dans une sorte de dîner de bienfaisance à l'hôpital. Alors c'est quoi en vrai, Lauren ? Le dîner ou l'école ?

Lauren déglutit avec peine. Était-ce vraiment ça qu'elle avait dit à Marcus ? Qu'elles s'étaient rencontrées dans un gala de bienfaisance ? Elle réfléchit. Angie avait un air dubitatif – ses jolis traits étaient plissés dans une grimace. Lauren se gifla mentalement pour avoir commis une erreur aussi stupide.

– Euh... c'est vrai, dit-elle lentement en improvisant sur le coup. Et il se trouve qu'on est entrées toutes les deux à la même école le lendemain ! C'est pour ça que je me suis embrouillée. Ça fait un bout de temps, après tout.

À son grand soulagement, ce mensonge parut avoir l'effet voulu : Chantelle ne lui posa plus de questions et Angie retrouva le sourire. Mais cet épisode soulignait un problème. Lauren avait débité tant de mensonges au sujet de Jennifer qu'elle avait du mal à se rappeler précisément tout ce qu'elle avait dit, et à qui. En jetant ses restes à la poubelle, elle comprit qu'elle allait devoir trouver un moyen d'arranger ça.

Pendant l'heure de cours suivante, Lauren nota tout noir sur blanc, pour ne plus oublier ce qu'elle avait dit à propos de Jennifer : sa taille, la couleur de ses yeux, la couleur de ses cheveux, ce qu'elle aimait, ce qu'elle n'aimait pas, ses amis, sa famille et ses centres d'intérêt. Elle mit tout sur fiches et rangea le classeur dans son sac à dos. Quand elle eut terminé, elle sourit. Elle ne risquait plus de se faire prendre au dépourvu, désormais.

—

Ce soir-là, Marcus était à son entraînement de foot, alors Lauren ne prit pas la peine d'aller sur Hors-Zone. Elle se contenta d'écouter de la musique et de lire les nouveaux magazines qu'elle s'était achetés en rentrant du collège.

Toutefois, bien qu'elle ait encore passé une bonne journée, la jeune fille dormit mal. Elle rêva de Jennifer. Lauren arrivait à la fête d'Angie, et tout le collège était là – y compris Marcus. Elle se faufilait parmi la foule ; tout le monde lui souriait et lui disait bonjour. Puis elle se retrouvait en train de danser à côté d'une blonde qui ressemblait aux mannequins de ses magazines. « C'est Jennifer », comprenait-elle en sursautant. Mais cette Jennifer-là ne se comportait certainement pas comme la bonne copine que Lauren avait inventée. Elle la toisait des pieds à la tête avec mépris, et Lauren se sentait gagnée par une gêne pétrifiante. Puis Jennifer éclatait d'un rire moqueur qui résonnait à l'infini, strident, insupportable.

– Arrête, s'il te plaît ! gémissait Lauren en cherchant la sortie des yeux – en vain, car il y avait trop de monde dans cette fête.

Elle voyait Marcus à proximité, mais il l'ignorait : il n'avait d'yeux que pour Jennifer.

Ensuite, Jennifer se mettait à la tourmenter.

– Tu vas te faire prendre… sifflait-elle, railleuse. Tu sais bien que ça ne peut pas durer.

Lauren tentait désespérément de s'éloigner d'elle tout en dansant, mais le salon d'Angie était bourré de monde et elle n'arrivait pas à traverser la foule. Soudain, Jennifer se jetait sur elle et lui empoignait le bras avec une telle vigueur que Lauren sentait ses ongles s'enfoncer dans sa peau. Elle lui hurlait d'arrêter, mais Jennifer semblait trouver ça drôle ; elle rejetait la tête en arrière et riait, tout en lui serrant le bras de plus en plus fort...

Lauren se réveilla en sursaut et alluma sa lampe de chevet. Son rêve avait été si réel, si terrifiant qu'elle éprouva le besoin d'examiner son poignet. Mais il n'y avait pas de trace. Rien. Son cœur battait encore à tout rompre dans sa poitrine. Elle jeta un coup d'œil à son réveil – il indiquait « 3:12 ». Laissant la lumière allumée, elle se retourna et s'efforça de ne plus penser à Jennifer.

—

Lauren arriva devant le portail du collège fatiguée et tendue. Elle commençait à payer le prix de ses soirées à rallonge, et le cauchemar de la nuit précédente n'avait rien arrangé. Elle essayait encore de l'oublier quand elle entra dans la salle de classe.

Et à l'heure du déjeuner, elle avait une migraine lancinante. Elle était devenue irritable ; manifestement, les autres n'avaient qu'un sujet de conversation à la bouche : Jennifer, encore Jennifer et toujours Jennifer !

– Est-ce que Jennifer va participer aux défilés de la Semaine de la mode, à Londres ? lui demanda Angie.

Ou encore :

– Est-ce que Jennifer sera accompagnée, à la soirée d'Angie ? voulurent savoir les garçons.

Même si c'était elle qui l'avait inventée, Lauren commençait à en avoir assez de Jennifer. Elle aurait presque préféré retomber dans l'anonymat ; au moins, comme ça, on l'aurait laissée tranquille.

En sortant dans la cour, elle entendit des pas derrière elle. C'était Josie, la copine de Chantelle qui avait été méchante avec elle quand elle avait participé au forum de discussion pour la première fois.

– Salut, Lauren, lança-t-elle. Je t'ai cherchée partout ! Je voulais te dire que j'ai rencontré ta copine Jennifer en ville, samedi. C'est génial, hein ?

Lauren eut l'impression que son cœur avait cessé de battre.

– Tu en es sûre ? répondit-elle.

– Oh oui ! J'achetais un nouveau jean quand je l'ai remarquée devant la caisse. J'ai tout de suite compris que c'était Jennifer, bien sûr, avec ses longs cheveux blonds, sa silhouette taille 38 et ces jambes interminables… Bref, pas étonnant qu'elle soit mannequin !

Lauren essaya de voir si Josie cherchait à lui jouer un tour. Est-ce qu'elle voulait la piéger ? Elle paraissait sincère. Mais c'était absurde ! Il était impossible qu'elle ait vraiment rencontré Jennifer, puisque Jennifer n'existait pas.

– Tu lui as parlé ? vérifia Lauren en s'efforçant de reprendre ses esprits pour réfléchir un peu mieux. Elle t'a dit texto qui elle était ?

Josie acquiesça.

– Oh, oui. Je lui ai demandé comment elle s'appelait et elle m'a répondu « Jennifer ». Elle était super sympa.

– Et qu'est-ce qui s'est passé, après ?

– Eh bien, c'était son tour de passer à la caisse, alors on n'a pas vraiment eu le temps de papoter. Quand je suis sortie à mon tour, elle était partie. Elle devait encore avoir un rendez-vous pour une séance photo ou un truc comme ça…

—

Ce soir-là, Lauren consulta sa messagerie électronique avant le dîner. À présent, ce que Josie lui avait raconté l'amusait. Pendant une minute, elle s'était sérieusement inquiétée, avant de se rappeler que Jennifer était imaginaire et n'existait que grâce à elle. Lauren était arrivée à la conclusion que Josie avait vu une jolie fille qui correspondait à la description de Jennifer et avait simplement supposé que c'était elle. Le fait qu'elle s'appelle Jennifer aussi était une coïncidence, rien de plus.

La boîte de réception de Lauren indiquait qu'elle avait du courrier. Elle l'ouvrit d'un clic, en se demandant si c'était un message de Marcus. Mais non. Le nom de l'expéditeur lui glaça le sang.

C'était un message de *Jennifer*.

Lauren l'ouvrit, les doigts tremblants.

Salut,

J'ai discuté avec Marcus, il est adorable. Impatiente de le rencontrer. Tu peux arranger ça ?

Biz,

J.

Le cœur de Lauren se serra. Mais que se passait-il, enfin ? C'était *impossible* que Jennifer lui ait envoyé un message... Elle *n'existait pas* ! Lauren essaya de rester calme, mais ses mains tremblaient tellement qu'elle n'arrivait pas à manier la souris correctement. Les pensées se mélangeaient dans sa tête. Si ce n'était pas Jennifer qui lui avait écrit ça, qui était-ce ? C'était peut-être quelqu'un qui se doutait de ce que Lauren avait manigancé. Peut-être qu'on avait réussi à pirater sa messagerie et qu'on tentait de la prendre sur le fait...

Avec un clic précipité, elle effaça le message. Si elle répondait, elle était sûre de tomber dans un piège – quelle que soit la personne qui le lui tendait, Lauren se ferait avoir.

– Lauren, à table ! cria sa mère.

La jeune fille coupa son ordinateur avec un certain soulagement.

– J'arrive ! lança-t-elle.

En éteignant la lumière dans sa chambre, elle se creusa la tête pour savoir qui avait pu envoyer le message signé Jennifer. La personne qui figurait en tête de sa liste était Chantelle Thompson.

—

Lauren mangea son dîner en silence. Son estomac était tellement noué qu'elle eut du mal à avaler une seule bouchée. Après ses longues soirées de veille et toutes ces conversations au sujet de Jennifer, elle était fatiguée, embrouillée et stressée. Elle demanda à sortir de table et partit se coucher.

Mais à peine trouva-t-elle le sommeil qu'elle fit un cauchemar. Et celui-ci était pire que le précédent. Lauren était à la soirée d'Angie et se frayait un chemin parmi la foule – mais cette fois, au lieu de danser, les autres la regardaient tous fixement. Autour d'eux, la musique retentissait à plein volume, mais ils étaient tous muets comme des tombes. Une odeur sucrée, écœurante parvenait bientôt aux narines de Lauren. Elle se mettait à hoqueter, prise d'une nausée ; alors qu'elle cherchait une fenêtre pour aller prendre l'air, elle voyait Jennifer venir à sa rencontre. Cette odeur, c'était son parfum, et il était affreusement envahissant.

– Salut, Lauren… Contente de te revoir parmi nous, disait Jennifer avec un rictus moqueur qui s'étirait sur son visage maquillé avec soin.

Là-dessus, la fête se mettait à battre son plein. Tout le monde dansait à un rythme effréné, tellement rapide que Lauren avait encore plus le tournis et la nausée.

– Il faut que je sorte, j'étouffe, disait-elle à Jennifer – mais ses paroles étaient noyées dans les pulsations tonitruantes de la musique.

Lauren sentait sa gorge se serrer.

– Je ne peux pas respirer ! Je vous en prie, aidez-moi ! suppliait-elle – mais personne ne l'écoutait.

Voyant Marcus à proximité, elle courait vers lui et lui agrippait le bras. Il la regardait sans la reconnaître et la repoussait brutalement.

– Laissez-moi sortir ! s'entendait-elle crier.

Jennifer l'observait d'un peu plus loin en dansant, amusée.

– Tu vas te faire prendre ! ricanait-elle. C'est bientôt fini pour toi !

Lauren essayait désespérément de sortir. Elle poussait le mur de gens de toutes ses forces. Il fallait qu'elle sorte d'ici – qu'elle s'éloigne de Jennifer. Mais la cohue résistait, impénétrable. Soudain, Lauren sentait la main de Jennifer lui presser le bras et ses ongles s'enfoncer dans sa peau. Cette fois, c'était beaucoup plus douloureux.

– Arrête ! hurlait-elle. Va-t'en ! Tu n'existes pas !

– Je fais partie de toi, maintenant, répliquait Jennifer en lui comprimant le bras encore plus fort. Je ne m'en irai *jamais*.

– Jen ! *Jen !*

Lauren se réveilla baignée d'une sueur froide. Sa couette gisait par terre et ses cheveux, trempés, lui collaient sur le front. Sa mère se dressait au-dessus d'elle.

– Tu criais dans ton sommeil, chérie. Ça va ? lui demanda-t-elle avec un air soucieux.

– Ou… Oui… Ça va, maman, merci, marmonna Lauren.

Sa mère la serra dans ses bras, puis se dirigea vers la porte.

– Maman… comment tu m'as appelée, à l'instant ? voulut savoir Lauren.

Mais sa mère était partie.

La porte de sa chambre était entrouverte et un rai de lumière filtrait depuis le couloir. Son regard tomba sur son bras. Cette fois, c'était indubitable :

il y avait une trace rouge laissée par une main.

Terrifiée, Lauren sortit de son lit et courut à la salle de bains. Sous la lumière vive du néon fluorescent, elle examina son poignet en le tournant et le retournant sous l'eau froide. Il y avait cinq marques rouges sur son bras : quatre traces alignées sur le dessus et une en dessous. Sa peau la picotait et la brûlait pendant que l'eau coulait sur les contusions. « Est-ce que j'aurais pu me faire ça moi-même dans mon sommeil ? » se demanda Lauren. En regagnant son lit, elle ne put réprimer le sentiment que les choses commençaient à échapper à son contrôle.

—

Lauren décida de ne pas aller à la soirée d'Angie – c'était bien plus simple que d'inventer une raison pour laquelle Jennifer ne pouvait pas venir. Son cauchemar lui avait vraiment fait peur et elle espérait que le travail lui ferait un peu oublier tout ça.

Tout au long du week-end, elle pensa beaucoup à l'étrange message de Jennifer, et plus elle y pensait, plus elle était certaine qu'il devait venir de Chantelle. Depuis le début, c'était toujours Chantelle qui mettait en doute les mensonges de Lauren.

Le lundi matin, Lauren attendit le bus dans le froid. À côté d'elle, il y avait un grand groupe de gens de sa classe qui discutaient de leur week-end en sautillant sur place pour se réchauffer, mais Lauren n'était pas d'humeur à participer. Quand le bus arriva, elle était parmi les premiers dans la queue, pressée de se réfugier au chaud. Chantelle et ses copines s'assirent au fond, comme d'habitude ; Lauren se prépara à affronter un déluge de questions au sujet de Jennifer.

– Salut, leur dit-elle avec un signe de tête en s'efforçant d'afficher un air désinvolte.

– Salut, répondirent Chantelle et Josie. Alors ? Tu as vu Jennifer, ce week-end ?

Attendant une méchanceté à la fin de la question, Lauren se raidit. Mais elles n'ajoutèrent rien de plus. La jeune fille choisit soigneusement ses mots.

– Elle était occupée. Alors non, je ne l'ai pas vue, répondit-elle en lâchant son sac à dos sur un siège.

Josie eut l'air déçue, voilà tout, et Chantelle haussa les épaules. Il n'y eut aucune allusion à des e-mails, aucune réflexion moqueuse. Rien.

Lauren se glissa silencieusement sur son siège, appuya la tête contre la vitre et ferma les yeux. Elle avait peut-être eu tort de soupçonner Chantelle, finalement.

Elle ne retrouva même pas le moral quand Marcus s'assit à côté d'elle.

– Salut, Lauren ! Je veux juste te remercier de m'avoir mis en contact avec Jennifer. C'est vraiment une fille géniale.

– Tu me l'as déjà dit, répondit sèchement Lauren.

– Eh bien, c'est vrai ! Je n'arrête pas de penser à elle… surtout depuis hier soir.

À ces mots, Lauren se redressa sur son siège et le regarda.

– Hier soir ? Qu'est-ce qui s'est passé de spécial, hier soir ?

– On a discuté sur MSN toute la soirée. Franchement, Lauren, cette fille est tellement marrante et tellement cool que je meurs d'impatience de la rencontrer.

– Tu es sûr ? le questionna Lauren en le regardant droit dans les yeux. Je veux dire : tu es sûr que c'était hier soir ?

Marcus fronça les sourcils.

– Ben oui. Bien sûr que j'en suis sûr.

Lauren s'affala sur le dossier de son siège, hébétée. « C'est impossible, songea-t-elle. Je ne me suis pas connectée de tout le week-end. » Sa tête se mit à tourner. Elle toucha son bras bleui et sentit des larmes lui monter aux yeux. Elle regrettait d'avoir lancé cette affaire.

Dès qu'ils arrivèrent au collège, Lauren saisit son sac, bouscula Marcus pour passer et courut aux toilettes des filles. Elle avait vraiment l'impression d'être sur le point de vomir. Elle fouilla frénétiquement dans son sac. Il était grand temps de mettre fin à cette histoire ; ça devenait un vrai cauchemar. Le dossier Jennifer serait la première chose à disparaître. Lauren allait le déchirer en morceaux, le jeter dans la cuvette et tirer la chasse d'eau. Elle sortit le classeur de son sac et l'ouvrit.

Il était vide.

Elle eut un hoquet d'horreur et retourna son sac. Tout au fond, il y avait un bout de papier chiffonné qui tomba sur le carrelage. Elle le ramassa et l'ouvrit.

Salut Lauren,

Tu cherches tes notes ? Si tu veux les récupérer, tu as

intérêt à me retrouver devant la salle de dessin à midi.
Chantelle

Les minutes s'éternisèrent, longues comme des heures. Enfin, ce fut l'heure du déjeuner. Lauren se dirigea vers la salle de dessin. Chantelle l'y attendait déjà. Lauren constata avec désarroi qu'elle était venue avec plein de monde, notamment Marcus.

– Ah, la voilà ! annonça Chantelle avec un rictus. Je crois que vous allez tous apprécier ce que Lauren a à nous dire…

– À quoi tu joues, Chantelle ? grommela Marcus. Je croyais que tu avais dit qu'il s'agissait de Jennifer.

– Et c'est vrai, lui assura Chantelle en fixant la nouvelle venue d'un regard dur. Lauren va tout nous dire au sujet de Jennifer, pas vrai ?

Lauren était terrifiée. À voir l'air satisfait de Chantelle, elle était sûre que ses mensonges à propos de Jennifer étaient sur le point d'être dévoilés. Les autres allaient tous la rejeter pour de bon. Elle chercha frénétiquement une explication plausible, mais elle avait la tête vide.

– Tu n'as rien à dire ? l'aiguillonna Chantelle en

s'approchant d'elle. Et si je racontais à tout le monde quelle menteuse tu es ?

Elle se tourna face aux autres.

– Jennifer, la fameuse copine de Lauren, n'existe pas.

Il y eut un instant de silence, puis tout le groupe se mit à parler en même temps. Lauren, honteuse, avait les joues en feu.

– C'est pas vrai, hein, Lauren ? demanda Marcus d'un ton pressant.

Elle voyait dans ses yeux qu'il espérait de tout son cœur que Chantelle se trompait.

La bouche de Lauren remua sans bruit : malgré ses efforts, elle ne parvint pas à répondre.

– Si, c'est vrai, reprit Chantelle. Et voici la preuve.

Elle tira de son sac les notes sur Jennifer que Lauren avait rédigées. Lauren sentit son visage se vider de son sang et la tête lui tourna. C'était la pire chose qui puisse arriver : la preuve qu'elle avait menti était là, devant les gens de sa classe, écrite de sa main. Elle n'avait aucun moyen de nier.

– Excusez-moi… Qu'est-ce qui se passe ? les interrompit quelqu'un.

Cette voix parut familière à Lauren, mais elle n'arrivait pas à la situer. Le groupe s'ouvrit pour laisser apparaître une fille d'une beauté stupéfiante, avec des boucles blondes qui cascadaient sur ses épaules et des jambes interminables.

– Ah, te voilà, Lauren ! s'exclama-t-elle. Je t'ai cherchée partout.

Tout le monde s'écarta pour la laisser passer. Elle posa sur Marcus ses jolis yeux bleus.

– Tu dois être Marcus, dit-elle en lui touchant les doigts un peu trop longtemps. Je t'imaginais exactement comme ça en lisant tes messages en ligne.

Marcus bafouilla une réponse incohérente.

– Jennifer ? demanda Lauren dans un souffle, incrédule.

La blonde se tourna vivement pour lui faire face.

– Bien sûr ! Tu croyais que j'étais qui ? Bon, où est le dossier que tu me gardais ?

Jennifer reprit les fiches à Chantelle, qui était rouge tomate.

– Oh, je suis tellement soulagée de retrouver mon dossier ! Heureusement que c'est toi qui l'avais, Lauren ! Je l'ai cherché partout.

Elle adressa un signe de tête à Chantelle et aux autres. Une stupéfaction totale était peinte sur leurs visages.

– Désolée de repartir si vite, mais ça m'a fait plaisir de vous rencontrer enfin, vous tous.

Jennifer toucha le bras de Lauren – sa main était chaude. Puis Lauren sentit quelque chose qui lui monta à la tête et lui comprima la gorge ; une odeur fleurie et sucrée, écœurante. Le parfum de son cauchemar.

– Il faut que je te parle, exigea-t-elle en s'élançant à la suite de Jennifer.

L'autre s'immobilisa immédiatement et lui adressa un sourire rayonnant.

– Bien sûr. Qu'est-ce que tu veux ?

Les yeux plantés dans ceux de la fille, Lauren hésita. Elle savait que ce qu'elle allait dire risquait de paraître totalement stupide.

– Tu n'es pas Jennifer, lança-t-elle finalement. Alors qui es-tu ?

La fille lui jeta un regard perplexe.

– Qu'est-ce que tu racontes, Lauren ? Bien sûr que je suis Jennifer.

Elle indiqua le classeur.

– J'étais chez toi hier soir, bon sang. Tu m'as aidée à préparer mon projet d'autobiographie pour le cours d'anglais. Quand je ne l'ai pas retrouvé, ce matin, je me suis dit que j'avais dû le laisser dans ton sac à dos. Alors j'ai fait un saut ici pour le récupérer. Je ne pensais pas que ça te mettrait dans tous tes états.

Lauren fut prise de vertiges. C'était impossible, ce qui lui arrivait ! Elle essaya de protester :

– Mais… Mais tu n'es même pas… réelle. Je t'ai inventée ! Tu ne peux *pas* être ici. Tu ne peux *pas* être Jennifer !

Elle savait pourtant bien que ce qu'elle disait paraissait ridicule – d'autant plus que la preuve était là devant elle, en chair et en os.

Elle tangua dangereusement et Jennifer parvint de justesse à l'empêcher de tomber par terre.

– Mais enfin, Lauren ! Arrête d'agir aussi bizarrement ! On se connaît depuis des années.

Elle aida Lauren à se redresser, puis lui adressa un sourire inquiet.

– Tu devrais vraiment te coucher tôt, ce soir, tu sais.

La fille se remit en marche vers le portail. Lauren lui hurla :

– Où tu vas ?

– Je retourne au collège, bien sûr ! Mais je te verrai ce soir, Lauren, comme prévu.

Là-dessus, elle partit. Lauren la regarda franchir le portail et s'éloigner dans la rue, avec ses cheveux blonds qui ondulaient dans son dos comme des serpents.

La partie raisonnable de son cerveau lui dit qu'il était absolument impossible que cette fille ait pu être Jennifer. Non ? Tout commençait à s'embrouiller et elle avait beaucoup de mal à faire la différence entre ses mensonges et la réalité. Elle se demanda sérieusement si elle était en train de devenir folle. Si seulement elle avait quelqu'un à qui confier toute cette affaire ! Quelqu'un d'impartial et de compréhensif…

—

Lauren eut d'abord du mal à parler à Mrs Williams, parce qu'elle n'avait encore jamais cherché d'aide auprès de la psychologue scolaire. Mais après ses hésitations de départ, elle déballa tout : ses histoires à dormir debout, ses stratagèmes.

Ce fut un énorme soulagement d'étaler cette triste affaire au grand jour.

Quand elle termina son récit, elle pleurait à chaudes larmes.

– … Et maintenant, Jennifer vient de débarquer ici. Mais vous comprenez, c'est impossible, puisqu'elle n'existe pas.

Lauren ravala un sanglot.

– Oh, je vous en prie, aidez-moi ! Cette histoire me rend dingue.

Mrs Williams n'émit pas un son. Elle avait l'air pensive.

– Dis-moi, Lauren… commença-t-elle lentement. Ce n'est pas de Jennifer Tynan que tu parles, si ? Je la connais depuis qu'elle est toute petite. Ses parents sont adorables, eux aussi.

Lauren ouvrit de grands yeux incrédules et considéra la psychologue avec stupeur.

– Vous *connaissez* Jennifer ?

– Bien sûr, répondit Mrs Williams en hochant la tête. *Tout le monde* connaît Jennifer. Elle fait un peu de mannequinat, me semble-t-il. C'est une très jolie fille.

– Je… Je dois partir, dit Lauren – et elle quitta le bureau.

Les larmes coulaient à flots sur son visage. Elle ne comprenait rien à ce qui se passait, mais elle était arrivée à une conclusion définitive : personne ne voulait écouter ce qu'elle avait à dire de rationnel au sujet de Jennifer. Elle était toute seule.

Lauren se dirigea vers sa salle de classe en s'essuyant la figure et s'efforça de reprendre contenance.

– Je vais laisser les choses se faire, pour le moment, chuchota-t-elle pour elle-même. Mais si cette fille ressurgit, j'irai jusqu'au fond de cette affaire.

Lauren n'eut pas à attendre longtemps. En tournant à l'angle du centre de documentation, elle vit une grande blonde qui attendait devant le bureau du principal.

– Jennifer ? s'étrangla-t-elle.

L'autre lui fit un grand sourire.

– Je… Je croyais que tu étais retournée dans ton collège ? parvint à articuler Lauren.

Jennifer rougit.

– Euh… je ne pouvais pas te dire la vérité… Il fallait

que je garde le secret jusqu'à ce que je sois cent pour cent sûre.

– Sûre de quoi ?

– Eh bien, répondit Jennifer en gloussant, je viens de voir le principal et j'ai eu mon dernier entretien pour changer de collège. Je commence ici cet après-midi. Maintenant, on sera *tout le temps* ensemble, Lauren. C'est génial, hein ?

Lauren recula.

– Où tu vas ? lui demanda Jennifer, sans cesser de sourire.

– Loin d'ici et loin de toi ! hurla Lauren en se détournant, prête à partir en courant.

Mais Jennifer fut trop rapide pour elle.

– Calme-toi, copine, dit elle en l'empoignant vigoureusement par le bras.

Son parfum écœurant flottait dans l'air autour d'elles. Lauren eut soudain du mal à respirer et se sentit sur le point de défaillir.

– Mais… tu n'es pas réelle, s'obstina-t-elle, abattue.

Elle reconnut l'expression qu'affichèrent alors les yeux de Jennifer. Elle l'avait déjà vue dans son cauchemar.

– Ne dis pas de bêtises, rétorqua l'autre d'un ton plat, terrifiant. Je suis plus réelle que toi !

—

Le reste de l'après-midi s'écoula comme dans un songe, et quand Lauren retrouva ses esprits, elle était dans le bus qui la ramenait chez elle. Elle s'était assise à l'avant, loin des commères de sa classe. Sa tête lui paraissait bien trop fragile pour les supporter.

Ce fut un énorme soulagement quand elle atteignit enfin la porte de sa maison. Elle regarda à gauche et à droite ; tout semblait normal. Pour la première fois depuis des semaines, elle avait envie de lire ses manuels scolaires et de travailler pour le collège. Elle tourna sa clé dans la serrure.

– Maman ! Papa ! appela-t-elle.

« Ils ne sont pas encore rentrés du travail », supposa-t-elle en gagnant la cuisine pour se préparer un goûter.

Mais quand elle arriva dans la pièce, une grande silhouette élancée sortit du salon et se planta devant elle.

Jennifer !

– Qu'est-ce que tu fabriques chez moi ? demanda-t-elle.

Lauren la regarda d'un air horrifié.

– Bon, je vais faire comme si tu n'étais pas là, cria-t-elle en jetant son sac à dos par terre. Je ne sais pas ce que tu essaies de faire, mais c'est chez *moi*, ici, et tu n'existes *pas* !

Mais Jennifer ne partit pas. Au contraire, elle croisa les bras et afficha un sourire amusé.

C'était le sourire que Lauren avait vu dans son cauchemar et elle ne l'avait pas oublié. La gorge nouée, elle s'éloigna de l'autre fille.

– Tu n'existes pas, répéta-t-elle. C'est moi qui t'ai inventée ! Tu n'es que le fruit de mon imagination.

Mais Jennifer se posta devant elle pour bloquer l'accès à l'escalier. Elle souriait toujours. Lauren ferma les yeux. Elle sentait le parfum chaud et sucré de l'autre tout près d'elle.

– Je regrette, Lauren, mais c'est l'inverse, susurra Jennifer. C'est toi qui es le fruit de mon imagination.

Le cœur de Lauren se mit à battre si fort contre sa poitrine qu'elle se crut au bord de l'évanouissement. Elle poussa Jennifer pour passer. « Il faut que je sorte d'ici, se dit-elle, paniquée. Il faut que je trouve mes parents et que je leur raconte ce qui se passe. » À cet instant, elle entendit la clé tourner dans la serrure de la porte d'entrée et fut inondée par une vague de soulagement. Son père était rentré du travail !

– Papa ! Ouf, tu es là ! J'ai été vachement...

Lauren s'interrompit au milieu de sa phrase. Son père ne la regardait pas.

Il avait les yeux fixés sur un point situé *derrière elle*, comme si elle était transparente.

Le père de Lauren s'approcha de Jennifer et la serra très fort dans ses bras. Lauren l'entendit souffler :

– Jennifer, ma chérie, tu étais encore en train de parler toute seule ? On a déjà discuté de ça, non ? Tu as passé l'âge d'avoir une amie imaginaire.

– Tu as raison, papa, répondit Jennifer sous les yeux de Lauren, qui resta muette de terreur et de confusion. Mais ne t'inquiète pas. Je suis sûre qu'elle est partie, maintenant... et qu'elle ne reviendra plus jamais.

VOS BILLETS, S'IL VOUS PLAÎT !

En shootant dans une cannette de soda cabossée, Brian Magee crut entendre la clameur de la foule dans ses oreilles. La cannette dérapa avec un fracas plaisant dans l'allée étroite qui bordait les rails de la voie de garage, rebondit sur la grille en métal rouillé et atterrit pile devant le pied de Craig, son meilleur ami, qui attendait.

– Superbe passe, Magee ! lança Craig en envoyant la cannette bouler bruyamment sur le bitume.

Venue de nulle part, une fille mince et musclée vêtue d'un maillot de football à rayures jaunes et vertes surgit devant lui et lui vola habilement la cannette avec le pied. Brian grogna en regardant s'éloigner le numéro 7 imprimé sur son maillot, tandis qu'elle poussait leur ballon de fortune tout au bout de l'allée, vers la gare ferroviaire.

– Pourquoi tu l'as laissée faire ? gémit-il. On a failli marquer.

– Tu parles d'*Emily*, je te rappelle, répliqua Craig. Si ce n'était pas une fille, ce serait le meilleur buteur de tout le collège. Essaie donc de la tacler, toi !

– J'ai entendu ! hurla Emily depuis le bout de l'allée. Mais que je sois une fille ou pas, ça ne change rien, Craig. Tu ne serais pas fichu de tacler un sac en papier !

Brian s'esclaffa en enroulant machinalement son écharpe jaune et vert autour de ses poignets. Il avait parfaitement conscience du talent d'Emily pour le football. C'était l'une des raisons pour lesquelles ils étaient si copains. Par ailleurs, ils étaient fans de l'équipe de foot de leur ville.

– Ouais, mais c'est moi qui vais être le meilleur buteur, rétorqua-t-il. Et si je jouais, cet après-midi, on serait sûrs de massacrer Rovers !

Craig l'approuva avec enthousiasme.

– Ouais ! Et on pourrait rapporter la coupe chez nous.

– Ce que je suis impatient d'arriver au match ! dit Brian. Pas toi ? Ça fait sept ans que notre équipe n'a pas remporté la coupe ! Mais aujourd'hui, ils vont la gagner, c'est certain. Ce nouveau buteur va marquer à tous les coups.

– Ouais, acquiesça Craig. Mais c'est dommage qu'ils n'aient pas pu jouer ici, chez eux.

Brian haussa les épaules.

– Qu'ils jouent chez eux ou dans une autre ville, ça ne change rien ! Ils s'apprêtent à donner une performance historique !

Emily leur cria de se dépêcher.

– Allez, vous deux ! Si on rate ce train, on va rater le match. On n'aura aucune chance d'arriver au stade à temps si on fait le trajet à pied !

Brian se mit à courir.

– Elle a raison. On ferait mieux de s'activer. Je ne veux pas que le train parte sans nous.

Avec un hurlement excité, ils foncèrent dans l'allée vers le vieux bâtiment en brique qui servait de gare.

Aujourd'hui, il se dressait sous le soleil d'été, silencieux, avec ses avant-toits garnis de fleurs aux couleurs vives dans des paniers suspendus. Emily les attendait devant, affalée sur un banc en bois, les joues rouges après sa course. La cannette gisait à ses pieds.

Brian la souleva aussitôt du bout de sa chaussure et se mit à jongler avec.

Emily fouilla dans ses poches.

– Craig, tu as l'argent pour le train ?

– Je croyais que c'était toi qui l'apportais ! répliqua Craig, sur la défensive.

Brian grogna.

– Je ne peux pas le croire ! Craig, on avait *besoin* de cet argent ! Tu avais dit que tu l'emprunterais à ta mère !

– Désolé, les copains, dit Craig d'une petite voix. J'ai complètement oublié.

– Qu'est-ce qu'on va faire, maintenant ? grommela Emily, exaspérée. Brian, tu as combien sur toi ?

Brian examina la monnaie qu'il avait dans sa poche.

– Euh… à part mon billet pour le match, il me reste environ une livre.

– Et moi, j'ai à peu près la même chose, ajouta Craig, morose.

– Moi aussi, soupira Emily. Alors aucun d'entre nous n'a assez pour un billet de train. On n'a même pas le temps de retourner au centre-ville pour retirer de l'argent. Qu'est-ce qu'on va faire ? On ne peut pas rater le match !

Brian se creusa la tête, l'air grave.

– J'ai une idée, dit-il soudain. Et si on voyageait sans billet, tout simplement ?

Emily secoua la tête.

– Mais c'est interdit ! Je veux dire : et si on se fait prendre ?

– On ne va pas se faire prendre. Blackwell n'est qu'à deux stations d'ici.

Emily n'était pas convaincue.

– Mais qu'est-ce qu'on fait si un contrôleur monte dans le train et nous demande nos billets ?

Brian réfléchit un moment.

– Il n'y a pas tellement de risque ! Chaque fois qu'on est allés voir un match à l'extérieur, jusqu'à présent, on ne nous a jamais demandé nos billets. Le train est toujours trop bondé.

Craig sourit.

– Brian a raison. D'ailleurs, je n'ai *jamais* vu de contrôleur dans le train.

Emily avait un air dubitatif.

– Et avec quoi on va payer la caution pour sortir de prison si on se fait prendre ?

– Oh, arrête ton cinéma, Emmy ! dit Craig. Tu vois toujours les aspects négatifs.

– Eh bien heureusement. Toi, tu es tellement idiot que tu ne vois jamais d'inconvénients dans les plans de Brian. C'est pour ça que vous vous prenez tout le temps des heures de colle, toi et lui !

Sentant venir une dispute, Brian s'affala entre eux sur le banc.

– Calmez-vous, tous les deux. Il fait trop chaud pour se disputer. Et puis on ne risque pas de finir comme mon grand-oncle Ray.

– Je ne savais pas que tu avais un grand-oncle, dit Emily. Tu n'as jamais parlé de lui.

Brian secoua la tête.

– Exactement. *Personne* ne parle de lui, dans la famille. Ça rappelle de mauvais souvenirs.

Craig écarquilla les yeux.

– Pourquoi, qu'est-ce qui s'est passé ?

– Eh bien, c'est un peu le mystère, en fait, répondit Brian. Mon grand-oncle Ray était un supporter, comme nous, et ne ratait jamais un seul match. Apparemment, c'est arrivé quand il avait treize ans…

– Comme nous aujourd'hui, intervint Craig.

– Tu as fait des progrès en maths, Craig ! commenta Emily en riant.

– *Bref*, les interrompit Brian en haussant le ton, ma tante Josie raconte que mon grand-oncle Ray a pris un train depuis cette gare et qu'on ne l'a jamais revu !

– N'importe quoi ! s'esclaffa Emily. Comment aurait-il pu disparaître comme ça sans raison ?

– C'est vrai, assura Brian avec une expression de sérieux absolu. Quand le train est arrivé à sa destination, la crécelle et l'écharpe de supporter de Ray étaient soigneusement disposées sur un siège, mais lui, il avait disparu. Et personne ne l'a jamais revu.

Il y eut un moment de silence. Finalement, Craig secoua la tête.

– Oh là là, c'est flippant.

– J'aurais dû me douter que tu allais le croire, toi, grommela Emily.

Brian se leva. Il savait que les trains qui desservaient cette gare avaient toujours au moins dix minutes de retard, mais il ne voulait pas tenter le hasard. Quoi qu'il arrive, ils monteraient dans ce train.

– Écoutez, je vais prendre le risque de ne pas acheter de billet. Allez, venez, c'est juste pour cette fois… Qui est avec moi ?

Craig vint aussitôt se poster à côté de lui, tout sourire.

– Moi.

Brian jeta un regard suppliant à Emily.

– Oh, allez… Ce ne serait pas la même chose sans toi.

Elle leva les yeux au ciel, puis sourit.

– D'accord. Je pense toujours que vous êtes idiots, mais si vous ne payez pas, je ne vais pas payer non plus.

—

Brian jeta un coup d'œil à sa montre. Leur train devait passer dans cinq minutes et l'équipe jouait un match de coupe, mais la gare était déserte. À part eux, il n'y avait pas un chat.

– C'est un peu calme, aujourd'hui, constata Craig avec étonnement.

– Peut-être que les autres supporters ont pris le train d'avant, supposa Emily. Après tout, le coup d'envoi est à deux heures.

Mais Brian remarqua une autre personne sur le quai. Le vendeur de billets, bien calé dans sa petite guérite en bois. Il était occupé à lire le journal.

– Et lui ? chuchota-t-il aux autres. On ne peut pas courir le risque qu'il nous voie.

Emily les attira vers elle pour un conciliabule.

– J'y ai pensé, dit-elle. On va passer discrètement devant lui et se cacher dans la salle d'attente jusqu'à ce que le train arrive. Ensuite, au coup de sifflet, on foncera dehors et on sautera dans le train au moment où il partira.

Brian était impressionné.

– Je croyais que l'idée ne te plaisait pas trop, Emmy. Maintenant, tu te comportes comme une vraie hors-la-loi ! plaisanta-t-il.

Emily se plaqua les mains sur les hanches.

– Tu as quelque chose à redire ?

Brian s'esclaffa.

– Non, non. C'est une super idée ! Venez, allons-y.

Ils se collèrent contre le mur de la gare et avancèrent furtivement, l'un après l'autre, vers la porte de la salle d'attente. Quand ils passèrent devant la minuscule guérite en bois, Brian vit que le vendeur de billets leur tournait le dos. Il avait les pieds sur le comptoir avec un journal ouvert sur les genoux et, à côté de lui, une tasse de thé fumante.

– Sympa, son boulot, chuchota Craig. Boire du thé et écouter la radio. Mon père adorerait ça.

Une musique désuette sortait par le petit trou rond ménagé dans la vitre pour faire passer les billets. Brian retint un éclat de rire.

– Je ne suis pas fou de ses goûts musicaux, cela dit !

– Non, l'approuva Emily. Il écoute des trucs presque aussi nuls que toi !

Elle réprima un gloussement.

Malgré leur hilarité, Brian ne put s'empêcher d'éprouver une pointe d'appréhension. Emily et Craig foncèrent à l'abri de la salle d'attente, mais lui s'attarda un instant. Bien que le guichetier lui tourne toujours le dos, le garçon n'arrivait pas à se débarrasser de l'impression qu'il l'observait, d'une façon ou d'une autre. Et les cheveux de cet homme avaient quelque chose de particulier. Il y avait une mèche presque blanche, lumineuse dans sa tignasse noir corbeau. Brian n'avait jamais rien vu de pareil.

– Qu'est-ce que tu fabriques dehors ? entendit-il Emily siffler.

Il s'arracha à sa contemplation et se précipita vers la porte.

—

La salle d'attente se trouvait d'un côté du quai, à quelque distance de la guérite du vendeur de billets et, par chance, hors de son champ de vision.

– Il va arriver dans longtemps, ce train ? grommela Craig.

Emily et lui s'assirent sur l'un des bancs en bois dur pour attendre. Brian, lui, étudia les petites annonces accrochées sur le panneau d'affichage de la salle d'attente pour passer le temps. Il y avait une vieille grille d'horaires fixée par une unique punaise rouillée, une publicité cornée qui semblait être là depuis au moins cinquante ans et une grande pancarte déchirée au milieu qui disait : *Les usagers voyageant sans titre de transport valide seront…*

Le reste manquait. Brian se demandait comment le message avait pu se terminer, quand il entendit le bruit caractéristique d'un train qui freine.

– Enfin ! dit Craig en sautant sur ses pieds.

Pris d'une bouffée d'excitation, Brian jeta un coup d'œil par la fenêtre de la salle d'attente. Plus qu'une minute environ et ils seraient tous en sécurité dans le train.

– Ce n'est pas un train ordinaire, annonça-t-il aux autres.

– Qu'est-ce que tu veux dire ? demanda Craig.

– Je veux dire que c'est un de ces vieux trains dont les portières se ferment à clé. Je croyais qu'ils n'étaient plus en service depuis des années.

Emily se glissa à côté de lui.

– Si, on les sort encore de temps en temps, quand les autres sont en réparation.

Un coup de sifflet se fit entendre ; visiblement, le train était prêt à partir. Brian inspira profondément et s'élança vers la porte de la salle d'attente.

– Venez ! cria-t-il à Emily et Craig. Allons-y !

Ils se mirent à courir. Brian resta en tête, et quand

ils arrivèrent à la hauteur du guichet, il chercha des yeux le vendeur de billets. Heureusement, l'homme était toujours dans la guérite, caché derrière son journal. Brian accéléra l'allure. Le temps que le vieux schnoque comprenne ce qu'ils manigançaient, ce serait bien trop tard pour les en empêcher.

Soudain, du coin de l'œil, Brian vit le vendeur se lever de sa chaise et tambouriner furieusement contre la vitre avec le poing.

– Vous n'avez pas intérêt à monter dans ce train sans billet ! rugit-il.

Le cœur de Brian se mit à battre la chamade dans sa poitrine. Les autres étaient juste derrière lui, mais étaient-ils tous assez près pour réussir leur coup ?

Derrière eux, le vendeur de billets hurlait toujours :

– Arrêtez ! Revenez ici !

Mais c'était trop tard pour s'arrêter, à présent. Brian l'ignora ; il courut à toute allure vers la portière la plus proche et saisit la poignée. À sa grande surprise, elle refusa de bouger.

– Dépêche-toi ! hurla Emily, sur ses talons.

– Allez, saleté de porte ! s'énerva Brian. Ouvre-toi !

Il tira comme un fou sur la poignée en cuivre, mais la portière resta solidement fermée.

– Je n'arrive pas à la bouger, dit-il en cessant ses efforts. Je vais essayer la suivante.

Mais la portière suivante était loin ; Brian se retrouva à courir le long d'une voiture pleine de passagers. Malgré la panique, il aurait reconnu entre mille le motif jaune et vert des maillots de football plaqués contre la fenêtre. Le train se mit à crisser et à grogner : il s'éloignait de la gare.

« On va gagner la coupe, aujourd'hui, songea Brian, et je serai là pour voir ça ! » Il saisit la poignée de portière de la voiture d'après. Les cris du vendeur de billets devinrent plus sonores, plus insistants.

– Vous allez le regretter ! hurla-t-il. Vous ne pourrez pas dire que je ne vous avais pas prévenus !

– Vite, ouvre-la ! cria Craig, qui suivait son copain de près.

Brian tira d'un coup sec sur la poignée et la portière s'ouvrit en grinçant. Les trois amis sautèrent dans le train à l'instant où il commençait à prendre de la vitesse et claquèrent vivement la portière derrière eux.

– Trop cool ! se réjouit Brian.

– C'était génial ! renchérit Emily, qui avait du mal à reprendre son souffle.

Craig, les mains sur les genoux, haletait.

– C'était plus que génial. C'était mortel !

Soulagés, les trois amis s'affalèrent sur des sièges tout proches, les joues rouges d'avoir couru. Brian profita de l'occasion pour regarder autour de lui, et nota à quel point l'aménagement de la voiture était différent de celui d'un train moderne. Il y avait des espaces ouverts pour les voyageurs ordinaires, devina-t-il, et des compartiments à l'ancienne avec porte coulissante.

– J'ai un horrible doute, tout à coup, dit Emily. On est bien dans le bon train ?

Le sourire de Brian disparut. Dans son affolement, il n'avait pas pensé à vérifier.

– C'est forcément le bon train. J'ai remarqué une voiture pleine de supporters.

– Vous avez vu comment le guichetier nous criait dessus ? gloussa Emily. J'ai cru qu'il allait péter un fusible, tellement il était en colère !

– Ouais, acquiesça Brian. C'était moins une.

– Le coup de la poignée coincée, ça a failli me donner une crise cardiaque, ajouta Emily en tâtant le faux cuir des sièges. Ces vieux trains sont drôles, hein ? Même les sièges sont bizarres.

Elle s'agita, mal à son aise.

– Je suis contente qu'on n'ait que deux stations.

Brian explora le petit compartiment où ils étaient installés.

– Ça me rappelle un vieux film en noir et blanc que j'ai vu. Les personnages étaient assis dans un compartiment comme celui-ci, et le train passait sous un tunnel. Quand il ressortait de l'autre côté, l'un des passagers avait disparu. Son siège était vide. C'était vachement flippant. Ils passaient le reste du film à chercher le cadavre.

Craig se mit debout sur son siège et inspecta le grand rayonnage au-dessus de leurs têtes.

– C'est là-dedans qu'ils le retrouvaient ? demanda-t-il.

Brian se leva à côté de lui.

– Non. Ça, c'est pour les bagages.

Craig sourit.

– Je sais. Avant, mon père prenait un train comme celui-ci tous les jours pour aller au boulot. Il en parle beaucoup, surtout quand il rentre tard à la maison. Il pense que ces vieux modèles marchaient bien mieux que les nouveaux.

– Et puis il n'y a plus de compartiments dans les trains modernes, renchérit Emily en ouvrant la porte vitrée. Je trouve ça plus sympa. C'est un peu comme si on voyageait dans un petit salon privé.

Ils regardèrent dehors. Un couloir central s'étirait sur toute la longueur de la voiture. Craig partit explorer.

– Il ne devrait peut-être pas sortir… commenta Emily. On a déjà pris assez de risques comme ça ! Ce serait bête qu'on se fasse choper, maintenant.

– Pas besoin de stresser comme ça, Emmy ! Je suis sûr que tout ira très bien, déclara Brian dans un effort pour la rassurer.

Craig les appela, tout excité, depuis l'autre bout de la voiture.

– Hé, les gars, venez voir ça ! C'est un compartiment de première classe. Un régal pour les yeux ! Ça vous dit de voyager en grande pompe ?

– Ouais ! s'écria Brian en s'élançant avec enthousiasme dans le couloir.

À peine avait-il franchi la porte qu'Emily l'attrapa par le bras.

– Attends, dit-elle gravement, il pourrait y avoir un contrôleur à bord.

Ils entendirent la voix de Craig répliquer avec impatience depuis le fond du couloir :

– La gare était complètement vide, vous avez vu ?

Il leva les yeux au ciel, exaspéré.

– S'il n'y a pas de passagers, il n'y aura pas de contrôleur non plus, évidemment. Détendez-vous, tous les deux !

Au grand soulagement de Brian, Emily parvint à sourire.

– Tu as sans doute raison, dit-elle. Et puis j'imagine que notre équipe voyage toujours en première !

– Exactement, l'approuva Brian en la poussant doucement dans le couloir.

– Faut vous calmer, leur conseilla Craig, qui les attendait à la porte de l'autre compartiment. Je veux dire, vous avez remarqué un seul contrôleur dans ce train ?

Brian et Emily secouèrent la tête.

– Vous voyez bien. Il n'y a même pas d'autres passagers dans tout ce wagon. Alors on peut s'asseoir où on veut. Personne ne va nous arrêter, d'accord ?

Il ouvrit la porte des première classe avec un grand geste cérémonieux.

– Après vous !

Brian entra le premier.

– Ouah ! souffla-t-il en découvrant le vieux compartiment.

Tapissés de velours rouge, les sièges étaient moelleux et rembourrés. Les parois étaient recouvertes de beaux panneaux de noyer, et même le porte-bagages était décoré de marqueterie en bois poli.

– C'est la belle vie ! s'exclama Brian en s'enfonçant dans un siège, les mains derrière la tête.

Il y eut un « clonk ! » quand Craig, qui tripotait un loquet sous la fenêtre, débloqua une petite table pliante. Ensuite, il tira sur une manette en bois. Le store remonta dans son étui avec un claquement sonore.

– Incroyable ! commenta Emily.

– Je vous l'avait bien dit, que c'était une bonne idée, insista Brian.

Emily sourit et se laissa tomber contre le dossier en velours.

– D'accord, je l'admets. Tu avais raison. C'était une excellente idée.

Brian sourit. « Excellente ». C'était le mot juste. Il était d'excellente humeur, en cet instant. Il voyageait en première classe avec ses deux meilleurs amis et il serait bientôt au stade, en train de regarder son équipe se battre pour la coupe.

Soudain, le garçon se redressa sur son siège et fit signe aux autres de se taire.

– Vous avez entendu ?

– Entendu quoi ? voulut savoir Craig.

– Je ne sais pas, une sorte de musique, dit Brian. Je vous jure, j'ai entendu quelque chose.

Brian, Craig et Emily cessèrent de parler pendant un moment et écoutèrent attentivement. Voilà. Une mélodie aiguë, angoissante.

– C'est de cette espèce de sifflotement que tu parles ? demanda Craig, qui se mordillait nerveusement la lèvre.

Brian hocha la tête. À présent, le sifflotement avançait vers eux dans le couloir.

– Qu'est-ce que c'est, à ton avis ? le questionna Craig. Tu penses que c'est un contrôleur ?

– Je crois que je vais vomir, gémit Emily en fermant les yeux.

Brian essaya de trouver des paroles rassurantes, en vain. Les notes grêles qui résonnaient dans le couloir lui rappelaient ces odieuses mélodies vieillottes qui accompagnent un diable sortant de sa boîte et semblent dire : « Je t'ai bien eu ! » Il frissonna malgré lui en repensant au diable multicolore qu'on lui avait offert pour ses quatre ans. À partir de ce jour-là, il avait toujours eu horreur des clowns. Les autres enfants avaient peur du noir, mais Brian, lui, détestait ce clown – sa façon de jaillir avec son visage grimaçant, et cette mélodie lente, épouvantable. Il regarda autour de lui. Même Craig paraissait effrayé. Brian ne savait pas pourquoi, mais ce sifflotement lui donnait la chair de poule.

Le sifflotement avait l'air d'être juste dehors, dans le couloir.

Le garçon jeta un coup d'œil par la vitre et son

sang se figea dans ses veines. Le contrôleur était là, reflété dans la longue fenêtre de la voiture. Depuis l'angle où il était assis, Brian voyait qu'il était encore à une certaine distance de leur compartiment, mais il n'allait pas tarder à arriver devant.

Craig et Emily le virent au même instant.

– Il vient vers nous ! siffla Craig. Qu'est-ce qu'on fait ?

– Vite, chuchota Brian en fouillant désespérément le compartiment des yeux. Cachons-nous !

– Mais il n'y a aucun endroit où se cacher... On est piégés ! dit Emily. Il n'y a qu'une seule sortie et elle donne dans le couloir.

– On est foutus ! murmura Craig, pris de panique.

Ils entendaient tous les pas lourds qui s'avançaient lentement vers leur compartiment, dans le couloir, accompagnés par le sinistre sifflotement.

Les yeux de Brian parcoururent frénétiquement le petit compartiment, essayant vainement de trouver une cachette sûre. Le bruit des chaussures du contrôleur sur le sol dur du couloir s'amplifia.

En désespoir de cause, Brian se jeta sur le plancher.

– Vite ! Baissez-vous le plus possible et plaquezvous contre le sol. Avec un peu de chance, il regardera à l'intérieur mais pas vers le bas.

– Je vous l'avais bien dit, que c'était une super mauvaise idée, marmonna Emily avec colère. On aurait dû acheter un billet. Maintenant, il va nous jeter du train !

Craig gémit.

– On est à des kilomètres du stade ! Ça va nous prendre des *heures* d'y aller à pied !

Brian ne disait rien. L'idée de resquiller lui avait paru marrante quand il y avait pensé, tout à l'heure. À vrai dire, il n'avait pas imaginé qu'ils puissent se faire prendre. Après tout, ils avaient voyagé sur cette ligne des dizaines de fois et n'avaient jamais vu un seul contrôleur.

Le bruit des pas était si proche, à présent, que Brian sentait les vibrations qu'ils produisaient sur le plancher du train. Le sifflotement retentissait de plus en plus fort. Le garçon s'efforça d'oublier qu'il y avait seulement une mince porte coulissante entre eux et le contrôleur.

À cet instant précis, le bruit de pas et le sifflotement s'arrêtèrent.

Comprenant que le contrôleur était juste devant la porte, Brian retint son souffle.

À côté de lui, Emily et Craig se raidirent ; le cerveau en ébullition, il tenta de s'empêcher d'imaginer la tête que faisait le contrôleur en regardant à travers la vitre du compartiment. Le silence parut durer une éternité.

Son cœur battait la chamade. Pourquoi ce type ne s'en allait-il pas ? Qu'est-ce qui lui prenait tant de temps ? Ça ne pouvait signifier qu'une chose : il les avait repérés ; d'une seconde à l'autre, ils sentiraient la porte coulissante du compartiment s'ouvrir et ce serait le début des ennuis.

Mais soudain, au grand soulagement de Brian, le bruit de pas reprit. Cette fois, il s'éloignait de la porte et repartait vers l'avant de la voiture. Le contrôleur s'en allait. Brian était si content qu'il fut incapable d'articuler un mot. Il jeta un regard triomphant à ses amis. Ils s'en étaient tirés !

—

– On ne peut pas rester dans ce compartiment, dit Emily en défroissant son maillot de football. Il n'y a pas de cachettes, ici, on est sûrs de se faire prendre. On devrait aller là où les autres supporters sont installés, ou dans un endroit moins exposé.

– Emily a raison, déclara Brian en se levant. On ne peut pas rester ici, ce serait trop bête de se faire choper. Il faut qu'on se sépare. Comme ça, on pourra se cacher plus facilement. On sortira juste avant que le train s'arrête à notre station et on se retrouvera dans le wagon de tête. Vous savez, celui qui est juste derrière le conducteur.

Emily acquiesça d'un hochement de tête.

– Je vais rejoindre le wagon où on range les bagages, les vélos et tout ça. Je suis sûre de trouver un endroit où me cacher, là-bas.

– Bonne idée, l'approuva Brian. Et toi, Craig, va dans la même direction qu'Emmy. Je vais rester faire le guet dans le couloir pendant que vous bougez.

Il ouvrit la porte du compartiment et se glissa dehors. À son grand soulagement, le couloir était totalement désert.

– La voie est libre, chuchota-t-il. Mais je pense que vous feriez mieux de partir par là. La cabine du contrôleur est toujours en queue de train.

Emily et Craig disparurent au fond du couloir pendant que les yeux de Brian fusaient nerveusement d'un bout à l'autre de la voiture en quête de signes de danger. Quand ils eurent presque atteint la porte de la voiture suivante, Emily lui jeta un dernier coup d'œil par-dessus son épaule.

– Vas-y ! siffla-t-il. Filez !

Sans les autres, la voiture lui parut mortellement silencieuse. Son estomac était noué et il se sentait totalement exposé. Il ne comprenait pas pourquoi, mais le sifflotement et le bruit de pas l'avaient sérieusement chamboulé. Il avait le sentiment que… qu'il y avait quelque chose d'anormal dans tout ça.

Brian inspira profondément et empoigna la porte du compartiment, en se demandant où il pouvait se cacher, quand il sentit une douleur aiguë au bout de son doigt. Il décolla vivement la main du panneau de bois. Une écharde dépassait de sous son ongle et une petite goutte de sang vermillon se forma. Brian examina attentivement la porte. Il remarqua des initiales gravées dans l'encadrement : *RM*. Le garçon suça son doigt, agacé. Visiblement, on avait taillé grossièrement les lettres, sans doute avec un canif, sans raboter les bordures – voilà pourquoi il s'était pris le doigt dessus. Pendant qu'il fouillait dans sa poche à la recherche d'un mouchoir, le sifflotement retentit de nouveau.

Le contrôleur ne pouvait pas être déjà de retour, si ? Brian fixa la porte de la voiture avec de grands yeux stupéfaits. « Attends une minute, songea-t-il. La dernière fois, le contrôleur venait déjà de ce côté-là ! Comment est-ce possible ? » Brian était certain de l'avoir entendu quitter le couloir par l'autre bout. C'était insensé !

Le sifflotement était plus fort, à présent ; Brian se mit à réfléchir à toute vitesse. Et si le contrôleur était repassé devant leur compartiment sans qu'ils s'en rendent compte ? Il secoua la tête. Non, c'était impossible. Craig et Emily s'étaient échappés juste après son passage, dès qu'il avait disparu de leur champ de vision.

Quelle que soit l'explication, ce n'était pas le moment de chercher à comprendre. Brian devait trouver un endroit où se cacher, et vite. À la vitesse de l'éclair, il plongea dans le compartiment, en prenant soin de fermer la porte derrière lui. Une fois à l'intérieur, il sauta sur la banquette et s'introduisit dans la seule cachette disponible : le porte-bagages au-dessus de lui. Il était étroit et Brian dut pousser de toutes ses forces pour s'introduire dedans. Allongé avec le nez collé contre le plafond, il se demanda s'il parviendrait jamais à ressortir de là.

Dans le couloir, le bruit de pas progressa lentement et lourdement vers son compartiment, et Brian regretta qu'Emily et Craig ne soient plus avec lui. Les pas s'arrêtèrent. Une fois de plus, le contrôleur s'attarda devant la porte. Il ne le remarquerait sans doute pas, là-haut… Le garçon sentit de la sueur perler sur son front. Et à cet instant, il fut pris d'un désir irrépressible. Il voulut jeter un coup d'œil à l'extérieur pour voir cet homme qui sifflait des mélodies agaçantes. C'était un sentiment si vif qu'avant d'avoir le temps de penser au risque qu'il prenait, Brian s'était glissé au bord du porte-bagages et avait tendu le cou dehors.

Le contrôleur s'éloignait. Brian ne put qu'apercevoir l'arrière de son crâne, mais ce fut plus qu'assez. Le garçon se rejeta vivement en arrière, collé contre le mur, le cœur battant. De toute sa vie, il n'avait vu qu'une seule autre personne avec des cheveux pareils – des cheveux d'un noir corbeau avec une mèche toute blanche au milieu. Une toison de blaireau, avait-il pensé sur le moment. Mais ça ne pouvait *pas* être le vendeur de billets. C'était impossible. Il n'avait même pas quitté son guichet !

Pendant que les pas s'éloignaient, Brian se demanda quoi faire. Devait-il aller trouver Craig et Emily pour le leur dire ? Ils le trouveraient peut-être ridicule. Il valait sans doute mieux oublier ce détail bizarre – après tout, ils n'allaient qu'à deux stations d'ici. Mais il était toujours rongé par le doute. Les choses ne tournaient pas rond, dans ce train. Pas rond du tout.

Brian s'aperçut qu'il avait atrocement chaud, à présent. Il se tortilla péniblement sur le bois dur. Ça lui avait semblé une bonne idée, sur le coup, que les trois amis se séparent, mais finalement, il n'en était plus très sûr. La solitude commençait à le rendre nerveux et il s'en voulait d'avoir si peur d'un vieux contrôleur de billets. Il en avait assez. Il décida d'aller trouver Craig et Emily, ou au moins le compartiment rempli de supporters qu'il avait vu depuis le quai, un peu plus tôt.

Il se dégagea comme il put du porte-bagages et se glissa dans le couloir. Ouf ! La voie était libre. Il n'y avait pas âme qui vive en vue, et pas un seul bruit non plus. Le garçon se sentit mal à l'aise. Pendant tout le temps qu'ils avaient passé dans ce train, ils avaient tous été si inquiets à l'idée de se faire prendre que Brian avait négligé un élément : il n'avait pas vu d'autre passager.

Pas un seul.

Intrigué, il s'engagea dans le couloir, en jetant un œil dans chaque compartiment sur son chemin.

Ils étaient tous vides.

– Bizarre, lâcha-t-il tout haut.

« Mais ce sera différent dans le wagon suivant, se dit-il. Forcément. » Il saisit la poignée de la porte du fond, certain qu'il tomberait sur un brouhaha de chants de football et de bavardages bruyants de l'autre côté, et qu'il verrait Craig et Emily en train de chanter en chœur avec tout le monde.

Il entra et regarda autour de lui. Cette voiture-là aussi était vide.

Il n'y avait pas de bruit, pas de détritus et pas de voyageurs. Brian était totalement seul. Puis il entendit quelque chose qui le pétrifia sur place.

Un bruit de pas accompagné d'un sifflotement.

Une boule dure comme une pierre se forma dans sa gorge. Il s'adjura mentalement de partir en courant, mais son corps était totalement paralysé par la terreur. Quand ce bruit étouffé, surnaturel résonna dans le couloir, il eut l'impression que cette petite mélodie guillerette se moquait de lui. Pendant ce qui lui parut être une éternité, Brian resta planté dans le couloir, impuissant, à essayer de décider de quel côté le contrôleur allait apparaître cette fois-ci. Où pouvait-il se cacher, sachant qu'il ignorait dans quelle direction il devait fuir ?

Brian repéra une porte à côté de lui. Elle était différente des autres, solide de haut en bas, sans panneau vitré. Il la poussa et se précipita à l'intérieur. Il avait réussi à trouver les toilettes – un endroit où on peut toujours s'enfermer à clé.

Il ferma aussitôt le verrou et, en reculant, manqua tomber dans la cuvette. Quand il eut retrouvé son équilibre, il regarda autour de lui. La cabine était minuscule ; la cuvette et le lavabo emplissaient tout l'espace disponible. Brian aurait juré que la température avait augmenté ; il transpirait encore plus, mais cette fois, c'était une sueur froide, qui lui collait à la peau.

Le contrôleur était dans la voiture, à présent, Brian en était certain. Il entendait les pas s'avancer lentement, lourdement vers lui dans le couloir. Son cœur ne suivait pas le même rythme : il lui martelait si fort la poitrine que le garçon craignait que le contrôleur ne l'entende.

Les pas s'arrêtèrent devant la porte des toilettes. Le sifflotement cessa brusquement. « Il va s'en aller d'ici une minute, répéta mentalement Brian comme un mantra. Il va s'en aller d'ici une minute. Pitié, faites qu'il s'en aille d'ici une minute ! »

Il vit avec horreur la poignée commencer à bouger. La poitrine soudain nouée, il tira sur le col de son maillot de football, qui lui paraissait trop serré.

La poignée cliqueta encore ; Brian cala un pied contre la porte et bloqua le verrou des deux mains. On le secoua violemment, mais le garçon se cramponna de toutes ses forces, les yeux fermés.

Puis la pression sur la poignée se relâcha. Le sifflotement et les pas s'éloignèrent une fois de plus. Brian regarda ses mains – elles étaient rouges et douloureuses. Il s'affala sur le siège des toilettes et essuya son front en sueur avec le bas de son maillot.

Au bout d'un moment, il se leva en tremblant et s'examina dans le miroir. Il se lissa les cheveux et s'aspergea le visage d'eau froide.

« Allez, Magee, dit-il à son reflet, tu n'as aucune raison d'avoir aussi peur ! Le pire qu'il puisse faire, c'est te forcer à descendre du train ! »

Il inspira profondément et tendit la main vers le verrou… puis eut un vif mouvement de recul, comme si la poignée avait été chauffée à blanc. Les initiales *RM* avaient été gravées dans l'encadrement de la porte. Brian toucha les entailles déchiquetées du bout des doigts. Elles avaient les bordures rugueuses, comme celles sur lesquelles il s'était piqué l'index dans le compartiment de première classe. En les examinant de plus près, il s'aperçut que le bois avait commencé à se décolorer ; le graffiti devait donc être très vieux.

Il se demanda brièvement qui était « RM ». Les deux lettres gravées lui rappelaient ces sentiers de randonnée dont l'itinéraire est indiqué par des signes tracés sur des souches le long du chemin. C'était presque comme s'il suivait la trace de ce « RM » pas à pas dans le train. Cette pensée le fit soudain frissonner et il s'efforça de la chasser de son esprit. Il tendit la main vers la poignée de la porte, sa décision prise. C'était beaucoup trop stressant d'être seul dans ce train. Il allait partir à la recherche de Craig et Emily.

En sortant de la minuscule cabine, Brian élabora un plan. Dès qu'il aurait retrouvé ses amis, ils resteraient tous ensemble et descendraient du train – même s'ils n'étaient pas à la gare qu'ils voulaient.

Mais ils avaient dû avoir la même idée que Brian, car lorsqu'il ferma la porte des toilettes, il les entendit derrière lui.

– Craig, Emily ! cria-t-il. Par ici !

À voir leurs visages pâles et leur air crispé, il était évident qu'ils avaient un sérieux problème.

– Je me suis coupé le bras, dit Emily.

– Comment tu t'es fait ça ? demanda Brian.

– À l'instant, pendant qu'on se dirigeait vers la tête du train pour te retrouver, Craig et moi.

– Ouais, reprit Craig, qui était encore tout pâle après le choc qu'il venait d'avoir. On était dans le wagon de la poste, là-bas, quand le contrôleur est venu. J'ai dû plonger derrière un sac de colis pour lui échapper. Je croyais qu'il m'avait vu, mais il a juste passé son chemin. C'était vraiment un coup à piquer une crise cardiaque, je peux te l'assurer.

– Et moi, j'ai réussi à me caser entre deux vélos bizarres, de vraies antiquités, expliqua Emily. Il ne m'a pas repérée non plus, mais il y avait un truc coupant sur un des garde-boue. Ça m'a égratigné le bras.

Brian hocha la tête.

– Je l'ai vu se diriger par là il y a une minute. Je me demandais si vous aviez réussi à vous cacher à temps.

– Et toi ? demanda Craig. Où est-ce que tu t'es caché ?

– C'est une longue histoire, mais pour résumer, disons que toute l'aventure m'a bien fait flipper. On aurait dit que ce type n'arrêtait pas de passer et de repasser, et j'ai eu beau essayer de déterminer dans quel sens je l'avais vu marcher la dernière fois, il semblait toujours débarquer du même côté.

Emily l'approuva d'un hochement de tête.

– Et ses cheveux ! Tu as vu ses cheveux ?

– Avec une mèche blanche derrière, ajouta Craig. On aurait vraiment dit un…

– … blaireau, termina Brian. C'était exactement les mêmes cheveux que ceux du vendeur de billets, à la gare. Je les ai vus, je m'en souviens.

Emily le considéra avec de grands yeux.

– Il ne peut sûrement pas y avoir deux personnes avec des cheveux aussi bizarres, si ?

Craig se frotta la tête nerveusement.

– Tout ce que je sais, c'est qu'il faut qu'on descende. Je ne pourrai pas souffler tant que je n'aurai pas quitté ce train !

– Mais c'est bien ça le problème, répliqua Emily avec angoisse. Comment descendre alors que cet homme est partout ?

– On va devoir prendre le risque, c'est tout, dit Brian. Si on reste où on est, il ne tardera pas à revenir.

– Où aller, alors ? demanda Craig en lui emboîtant le pas.

– Dans le wagon de tête, répondit Brian d'un ton décidé. Si on est tout à l'avant, on saura de quel côté il va débouler, au moins. On pourra toujours bloquer la porte ou je ne sais quoi.

Malgré ses propos courageux, son cœur battait frénétiquement, comme prêt à s'échapper de sa poitrine.

– La voie est libre, chuchota-t-il.

Il s'efforçait de dissimuler son soulagement chaque fois qu'il ouvrait une porte.

Les trois amis gagnèrent enfin la voiture de tête. Comme toutes les autres, elle était d'un type désuet et paraissait vide. À peine eurent-ils fermé la porte intermédiaire que Craig hurla :

– On ralentit !

Et il se précipita vers la fenêtre coulissante de la portière.

Brian sentit un sourire s'étirer sur son visage.

– Regardez, dit-il en désignant un long hangar en métal à côté d'eux. C'est la rotonde. On doit arriver en gare !

En effet, le bitume du quai apparut soudain à côté d'eux. Craig poussa un cri de joie.

– *Yesss !* s'exclama-t-il, tout excité. On va s'en sortir. On va vraiment s'en sortir. On va enfin descendre de ce train ! Je retire tout ce que j'ai dit sur toi tout à l'heure, Magee. Tu es un génie !

Emily retrouva enfin le sourire.

– C'est plus de la chance que du génie, souligna-t-elle en secouant la tête.

– Attendez... Patientez une minute ! Écoutez... dit Brian.

Emily lui jeta un regard désespéré.

– C'est pas possible. Pas maintenant !

Le sifflotement était revenu. Il s'amplifia subitement, et bientôt ils entendirent également les pas du contrôleur. Le plancher de la voiture semblait vibrer sous ses pieds.

– Il est juste derrière ! souffla Craig, terrifié.

Emily se jeta contre la porte qui reliait leur voiture à la suivante et saisit vivement la poignée.

– Craig ! hurla-t-elle. Viens m'aider à bloquer la porte ! On va l'empêcher d'ouvrir jusqu'à ce qu'on entre en gare, et ensuite on pourra filer.

La poignée se mit à tressauter de l'autre côté. Craig et Emily s'y cramponnèrent comme si leur vie en dépendait.

– On s'arrête ! cria Brian. Tenez bon !

Il poussa d'un coup sec sur la poignée en cuivre de la portière.

Elle refusa de bouger d'un pouce.

– Je n'y crois pas, marmonna Brian pour lui-même, avant de réessayer.

– Dépêche-toi ! s'égosilla Emily depuis l'autre bout de la voiture. On ne pourra pas le retenir beaucoup plus longtemps.

Le sifflotement paraissait implacable. Il résonnait dans toute la voiture et cette mélodie stridente cassait les oreilles de Brian, qui avait du mal à garder les idées claires. En voyant des groupes de passagers s'amasser sur le quai, il se mit à tambouriner des deux poings sur la vitre.

– S'il vous plaît, aidez-nous ! Je n'arrive pas à ouvrir la portière ! On doit descendre !

– Qu'est-ce qui se passe ? rugit Craig avec colère. Ouvre cette porte, bon sang !

– Je fais ce que je peux ! rétorqua Brian sans cesser

de tambouriner et de crier. Mais elle est coincée, alors j'essaie d'ameuter du monde.

Sur le quai, personne ne regardait dans la direction du train, semblait-il. Personne ne faisait attention. On aurait dit que les gens ne voyaient pas Brian.

Ni même le train.

– S'il te plaît, l'implora Emily. Il *faut* que tu arrives à l'ouvrir, Brian. On ne peut pas tenir !

Soudain, Brian repéra un petit individu anguleux assis dans un coin de la voiture. C'était un vieux passager qu'il n'avait pas remarqué jusqu'alors. Il y avait peu de chance, mais peut-être pouvait-il les aider.

– Excusez-moi, nous sommes…

Brian s'interrompit en découvrant ce que l'autre faisait. Ses yeux glissèrent sur les mains du vieux monsieur et il trembla de tout son corps. Maigres et noueux, les doigts de l'homme maniaient un canif. Par-dessus le sifflotement, Brian perçut le crissement du métal sur le bois tandis que la lame ouvrait une entaille dans le panneau, à côté de l'endroit où l'homme était assis. Le garçon vit les courbes profondes de la lettre *R*, qui était déjà terminée. À présent, le vieux monsieur travaillait avec soin sur le *M*.

Les yeux de Brian restèrent rivés sur cette lettre. « M », lut-il.

M pour Magee.

La terreur l'envahit. En regardant autour de lui, il vit pour la première fois que la voiture dans laquelle Emily, Craig et lui se trouvaient était différente des autres. Le plancher, les lambris des cloisons et le plafond en bois étaient couverts de graffitis.

Le même graffiti partout.

Deux lettres gravées, toujours les mêmes.

RM, RM, RM...

– On... Oncle Ray ? bredouilla Brian, osant à peine y croire. C'est toi ?

L'homme tourna lentement ses joues parcheminées vers lui, et sa bouche s'étira dans un petit sourire.

– Tu aurais dû acheter un billet, mon grand, dit-il d'une voix chevrotante, sans timbre.

Les bras de Brian retombèrent mollement sur ses flancs. Un silence de mort s'abattit sur la voiture tandis que le train reprenait de la vitesse sur la voie ferrée.

Un silence total, hormis un petit sifflotement délicat, juste derrière lui…

TUER
N'EST PAS
JOUER

Alex Leigh s'affala sur son lit et feuilleta négligemment un magazine.

On était samedi matin et ses meilleures amies, Emma et Polly, étaient venues pour leur séance habituelle de relookage. Chaque semaine, elles essayaient de copier sur l'une d'entre elles le look d'une vedette repérée dans leur magazine préféré.

Emma avait reçu un fer à friser pour son anniversaire et elle mourait d'impatience de l'essayer. Alors quand Polly se porta volontaire pour lui servir de mannequin, elle fut ravie. Elle la fit asseoir sur le tabouret de la chambre d'Alex avant qu'elle puisse changer d'avis et commença à se débattre maladroitement avec le fer chaud. Alex se contenta du rôle de styliste. Allongée sur le ventre, le menton dans les mains, elle prodiguait des conseils à Emma et Polly depuis le confort de son lit.

– Je te préviens, il ne faudra pas les brosser, déclara-t-elle.

– Pourquoi ? demanda Polly en grimaçant légèrement, car Emma avait raté de peu le lobe de son oreille avec les plaques brûlantes. Pourquoi je ne devrais pas les brosser ?

– Arrête de bouger, tu veux ? grommela Emma, frustrée. J'ai presque fini. Je m'occupe de la frange.

– Laisse la frange, Emma, conseilla Alex d'une voix sérieuse. Ça ferait trop.

Penchée au-dessus de la tête de Polly, Emma la considéra avec de grands yeux.

– Tu crois ?

– J'en suis sûre, affirma Alex.

Elle tendit le bras pour glisser un CD dans son lecteur et saisit un paquet de chips sur la coiffeuse.

– En plus, c'est l'heure du goûter. Qui veut des Pringles fromage-ciboulette ?

Pendant que le CD démarrait, Emma débrancha le fer et rejoignit Alex sur sa couette. Elle prit des chips dans le tube en carton.

– Hé, j'adore cette chanson ! Je ne savais pas que tu l'avais.

Alex sourit.

– Tu peux m'emprunter le CD, si tu veux.

Elles chantèrent en chœur pendant que Polly admirait son nouveau look dans le miroir.

– C'est génial, mais pourquoi tu m'as dit de ne pas les brosser ?

Alex s'aperçut qu'Emma et Polly la regardaient et sauta sur l'occasion. Elle poussa ses trois chips de côté dans sa bouche.

– Parce que…

Elle s'interrompit, les yeux humides.

– Parce que…

– Alex ? appela Polly en se détournant de la coiffeuse. Ça va ?

Mais Alex ne répondit pas. Les yeux écarquillés, la gorge contractée, elle plaqua les mains sur sa poitrine et fut prise de haut-le-cœur.

– Elle est en train de s'étouffer ! hurla Emma. Qu'est-ce qu'on doit faire ?

Les haut-le-cœur se muèrent en hoquets étranglés et Alex empoigna sa couette en se tortillant et en tressautant. Elle leur jeta un regard désespéré avant de glisser lourdement par terre.

– Regarde ! Regarde ! Elle devient toute violette ! s'écria Emma.

Immédiatement, Polly se mit à genoux et frappa durement les omoplates d'Alex.

– Vite, Em, faut lui taper dans le dos !

Les filles regardèrent avec horreur Alex s'écrouler sur la moquette et s'immobiliser. Il y eut un moment de silence atterré, puis elles entendirent un bruit de pas dans l'escalier, devant la porte de la chambre.

La porte grinça sur ses gonds et une tête apparut.

– Ce n'est que moi, les filles. Juste pour vous dire...

La mère d'Alex s'interrompit au milieu de sa phrase.

– Il y a un problème ?

Sans mot dire, Emma et Polly reculèrent pour révéler le corps d'Alex étendu sur la moquette.

– On ne sait pas comment c'est arrivé, Mrs Leigh, commença Polly. On était juste en train... de me friser les cheveux, vous savez... et ensuite Alex... les chips...

Elle se tut, incapable de poursuivre.

Il y eut un silence gêné, puis quelqu'un gloussa.

– J' vous ai bien eues ! s'écria Alex en ouvrant les yeux.

Elle se releva et leur fit la révérence.

– Alex ! hoquetèrent Emma et Polly d'une seule voix.

– Vous n'avez quand même pas cru que j'étais vraiment morte, si ? s'esclaffa Alex. Je ne faisais que jouer la comédie !

Polly lui donna une bourrade sur le bras.

– Tu m'as fait peur, espèce d'idiote !

– Désolée, Polly, dit Alex d'un air penaud. Mais alors… je suppose que j'ai bien joué, non ?

– C'était *incroyable*, Al ! s'exclama Emma. Polly et moi… eh bien, on a vraiment cru que tu avais un problème.

– Franchement ? insista Alex, rayonnante de fierté. J'ai été si bonne que ça ?

– Carrément, renchérit Polly. Tu nous as bien eues. J'ai encore le cœur qui bat à toute vitesse !

C'était exactement la réponse qu'Alex espérait, car elles avaient théâtre le lendemain et leur prof, Miss LaSalle, avait promis à la classe une partie de clins d'œil qui tuent. Alex avait compris aussitôt que ce serait une occasion idéale pour l'impressionner. Elle ambitionnait de devenir une actrice célèbre et Miss LaSalle avait des relations importantes dans le monde du spectacle. Elle avait été actrice elle-même, elle avait même tenu le premier rôle dans un film de cinéma – qui n'avait pas très bien marché, malheureusement. Chaque été, Miss LaSalle emmenait ses deux élèves les plus prometteurs dans un atelier de théâtre où des acteurs connus venaient diriger des séances de travail. Cette année, Alex était décidée à se trouver parmi les deux élèves choisis.

Tout sourire, elle tendit la main vers le tube de Pringles vide qui traînait sur la moquette.

– Qu'est-ce que je peux vous dire ? lança-t-elle avec un faux accent hollywoodien en brandissant le paquet contre sa joue comme une statuette des oscars. Sans le soutien de mes amis, et bien sûr la cuisine ultra saine de ma mère, je ne serais pas ici aujourd'hui, en train de recevoir ce prix…

Mrs Leigh sourit.

– Il est temps de revenir à la réalité maintenant,

Alex. La mère de Polly attend dehors, dans sa voiture.

Alex regarda Emma et Polly en haussant les épaules.

– Ah, ces critiques !

—

Après le départ de ses amies, Alex suivit sa mère dans la cuisine.

– Comme tu es la meilleure maman du monde, commença-t-elle, tu penses que tu pourrais me rendre un petit service ?

Mrs Leigh, qui était occupée à remplir la machine à laver, leva les yeux.

– Écoute, Alex, si tu veux que je lave ton jean, descends-le-moi vite. C'est la seule machine de couleur que je ferai ce soir.

Alex secoua la tête.

– Non, maman, c'est pas ça du tout. Je voudrais juste que tu me fasses un clin d'œil de temps en temps.

Mrs Leigh lissa une boucle sur son front et fronça les sourcils.

– Je ne te suis pas.

– Un clin d'œil. Tu sais.

La jeune fille essaya maladroitement de cligner la paupière gauche.

– Parfois, tu m'inquiètes, Alex, dit Mrs Leigh en attrapant la lessive en poudre.

– Mais c'est pour le collège, maman ! Je t'assure. C'est pour le cours de théâtre. On va jouer aux clins d'œil qui tuent, demain, et je voudrais m'assurer que je suis parfaitement préparée, expliqua Alex.

– Aux clins d'œil qui tuent ?

Sa mère pencha la tête d'un côté et la considéra avec de grands yeux, l'air de dire : « Mais de quoi tu parles, enfin ? »

Alex comprit qu'il fallait qu'elle reprenne tout depuis le début.

– Écoute : les clins d'œil qui tuent, c'est un jeu auquel on joue pendant le cours de théâtre. Toute la classe s'assied en rond et ferme les yeux. Ensuite, Miss LaSalle désigne quelqu'un d'une petite tape dans le dos.

– Miss LaSalle ?

– Oui, notre prof de théâtre, répondit Alex avec impatience. Bref, la personne qu'elle désigne sera l'assassin, tu comprends ? Et comme tout le monde a les yeux fermés, on ne sait pas qui c'est. On doit juste attendre de se faire tuer.

La mère d'Alex secoua la tête.

– Et l'assassin s'y prend comment pour tuer les autres ?

– En leur faisant un clin d'œil, bien sûr !

– Mais vous avez tous les yeux fermés ! Comment faites-vous pour le voir ?

– On les a *ouverts*, à ce moment-là. Essaie de suivre, maman ! Pour résumer : si on te fait un clin d'œil – et c'est là que c'est le plus marrant –, tu dois mourir de la manière la plus théâtrale possible.

– Et que se passe-t-il une fois que tout le monde est mort ? Ce jeu m'a l'air vraiment absurde, déclara sa mère en reportant son attention sur la machine à laver.

– Non, tu ne comprends pas. C'est la mission du détective, ça. Il doit rester debout au milieu du cercle et identifier l'assassin avant qu'il ait tué toute la classe.

– Tu ne m'avais pas dit qu'il y avait un détective.

– *O.K.*, j'ai oublié ce détail ! répondit Alex,

exaspéré. Miss LaSalle choisit aussi quelqu'un pour faire le détective, au début du jeu.

Elle s'interrompit pour prendre une profonde inspiration.

– Mais tout ce qui compte, c'est qu'on a théâtre demain et que je voudrais avoir la mort la plus réussie de toutes.

– Dans ce cas... si ça peut t'aider, je suppose que je peux te faire un clin d'œil de temps en temps.

Sa mère lui fit un gros clin d'œil.

– Aaaaah ! gémit Alex avant de s'écrouler par terre.

—

Malgré le temps couvert du lundi matin, Alex était de très bonne humeur.

– Vivement le cours de théâtre, dit-elle à Emma tandis qu'elles se dirigeaient vers le portail du collège.

– Je suis pressée de te voir essayer ton numéro d'agonisante devant les autres. Moi, il m'a vraiment secouée ! répondit Emma.

Devant elles, Alex vit Polly qui les attendait. Elle portait un grand chapeau.

Alex poussa un soupir en la rejoignant.

– Tu les as brossés, c'est ça ?

Polly lui adressa un regard penaud.

– Eh bien... je ne pensais pas que ce serait si grave... mais regarde ce qui s'est passé !

Elle ôta son chapeau pour dévoiler une énorme tignasse de cheveux crêpés.

– Je t'avais pourtant prévenue qu'il ne fallait pas les brosser, Pol ! Tu dois juste les peigner avec les doigts, sinon ils deviennent...

– ... tout mousseux, termina Polly.

Emma pencha la tête d'un côté.

– En fait, ce n'est pas si mal, dit-elle avec loyauté. Les grosses crinières avec plein de volume, c'est super à la mode en ce moment... Pas vrai, Alex ?

La jeune fille hocha la tête en réprimant son envie de rire.

Polly parvint à afficher un petit sourire.

– Vraiment ?

– Absolument.

Alex évita son regard de peur d'exploser et de vexer son amie.

– Quoi qu'il en soit, regarde les choses du bon côté : ça part au shampoing et c'est loin d'être aussi moche que les cheveux d'Emma quand elle s'était fait une teinture, l'année dernière.

– Hé ! Je me trouvais drôlement cool avec les cheveux teints ! protesta l'intéressée, indignée.

Alex et Polly s'esclaffèrent.

Soudain, elles entendirent des pas derrière elles. Alex se retourna, et se rembrunit aussitôt. C'était Christian Francis, un garçon aussi charmant qu'un cobra en colère. Alex se rappela l'époque où elle avait essayé d'être amie avec lui, en sixième. Même aujourd'hui, cet épisode la faisait encore frémir. Il avait été gentil avec elle pendant un moment, et elle avait même commencé à l'apprécier. Mais tout s'était écroulé en un instant.

L'incident s'était passé pendant un contrôle de maths. Christian n'avait pas révisé du tout et avait exigé de s'asseoir à côté d'Alex pour pouvoir copier son travail. Elle avait refusé, et c'est alors qu'elle avait découvert l'autre facette de Christian Francis.

D'abord, il avait cessé de lui parler – mais ça, Alex pouvait s'en remettre ; ça ne l'avait pas trop gênée. Ensuite, d'autres trucs avaient commencé à se produire. Des trucs pas nets.

On avait forcé son casier et entièrement trempé d'eau son livre de maths. Puis on avait coupé et lacéré avec des ciseaux les bretelles de son sac. Elle avait mal supporté de se faire coller injustement pour ce motif, d'autant que Christian Francis l'avait regardée par la fenêtre de la salle avec un sourire moqueur. Elle était allée expliquer à la prof ce qui s'était passé, mais celle-ci n'avait pas cru à son histoire. En regagnant sa place, Alex avait découvert que son portable était tombé « accidentellement » de son sac à dos et que l'écran était cassé. Mais elle n'avait jamais pu prouver que c'était Christian le coupable.

Malgré toutes ces vexations, c'était le coup du rat qui l'avait le plus perturbée. Elle l'avait découvert dans son pupitre ; la petite carcasse rigide de l'ani mal grouillait de parasites et d'asticots. Il avait l'air à moitié dévoré. Alex se rappela qu'elle s'était demandé à l'époque si Christian l'avait trouvé dans cet état… ou s'il l'avait tué lui-même.

Même la prof avait eu la nausée quand elle avait ôté le petit cadavre du pupitre de la jeune fille.

– Qui a fait ça ? avait-elle demandé d'un ton impérieux. Quel triste personnage est assez détraqué pour faire une chose pareille, dans cette classe ?

Personne n'avait répondu, mais Christian avait adressé un petit sourire discret à Alex. Tellement discret qu'elle avait été la seule à le remarquer.

Mais ça avait suffi.

Depuis, elle évitait Christian comme la peste et restait le plus loin possible de lui. D'autres élèves de sa classe avaient connu des mésaventures similaires après s'être disputés avec lui, mais aucun d'entre eux n'avait jamais rien subi d'aussi horrible que l'histoire du rat. En général, ils découvraient en revenant à leur casier qu'on avait enfoncé les portes métalliques à coups de pied ou écrit dessus avec un gros marqueur. Ou parfois, leurs cahiers étaient déchirés en morceaux et éparpillés dans le couloir. Mais Christian se montrait toujours trop malin pour se faire prendre. Il avait un copain – un dénommé Adam Moran – qui avait l'intelligence d'un homme des cavernes. Pour une raison mystérieuse qui échappait totalement à Alex, il vénérait Christian Francis. Il le suivait partout avec un sourire niais sur son visage imbécile.

Plus récemment, Christian avait proposé à Polly de l'accompagner à la soirée de la Saint-Valentin, mais elle avait dit non. Alex s'était raidie quand son amie le lui avait raconté. Si une chose aussi triviale qu'un contrôle de maths pouvait l'amener à vous infliger un rat mort, que ferait-il pour se venger d'avoir été repoussé ?

Elle regarda sans mot dire Christian s'approcher. Un sentiment de malaise monta du fond de son ventre. Pour la énième fois, il lui fit penser à un rottweiler : cruel et tenace. Il lécha ses lèvres minces en marchant vers Polly et, à cet instant, Alex devina qu'il allait y avoir des problèmes.

– Ouh, joli brushing ! commença-t-il en ricanant. Qu'est-ce qui s'est passé, Polly ? T'as mis les doigts dans une prise électrique ?

– Va-t'en, face de lézard, rétorqua sèchement Emma.

Christian eut un petit rire sans joie et se passa une main dans les cheveux.

– Tu ne penses pas sérieusement ce que tu dis, ma chérie.

– Oh, je crois bien que si, répliqua-t-elle froidement.

Alex jeta un coup d'œil à Polly, et vit que Christian avait déjà réussi à la piquer au vif.

Christian reporta alors son attention sur elle.

– Alors ? C'est la nouvelle mode, le look Hagrid ? Tu vas te laisser pousser une barbe assortie et prendre trente kilos ? Ouille, pardon, je vois que les kilos, c'est déjà fait.

Adam et lui rirent bruyamment.

Le visage de Polly se décomposa. Christian avait vraiment l'air de s'amuser. Alex était furieuse. « Comment peut-il être aussi méchant ? » Elle sentit la colère monter. Polly était la fille la plus gentille qu'elle connaisse – jamais elle n'aurait cherché à blesser quelqu'un. Christian n'avait pas le droit de l'agresser comme ça juste parce qu'elle avait refusé de sortir avec lui. Alex décida d'agir.

– Bon, ça suffit, j'en ai assez entendu…

– S'il te plaît, Alex, laisse tomber, l'arrêta Polly en lui prenant le bras. Je préfère les ignorer.

– Ouais, Pol a raison, Alex : tout le monde sait qu'Adam et Christian sont des taches, renchérit Emma, rouge de colère.

Bras dessus bras dessous, les filles entrèrent dans le collège.

– Je ne passerais pas par l'entrée principale, Polly,

si j'étais toi, lança Christian derrière elles. Même si tes cheveux passent en dessous, ton cul va rester coincé !

Alex vit Polly se retourner. « Oh non ! » pensa-t-elle.

– Je sais *exactement* pourquoi tu fais tout ça, répondit Polly d'un ton égal en regardant Christian dans les yeux. C'est parce que j'ai refusé de t'accompagner à la soirée de la Saint-Valentin, pas vrai ?

Christian haussa les épaules.

– Je ne vois pas de quoi tu parles. C'était juste de la franchise, quand je parlais de tes cheveux et tout. Pas la peine de te vexer.

Mais Alex vit que Polly était au-delà de la vexation. Elle était si furieuse qu'elle tremblait.

– Eh bien maintenant, je vais être franche, moi aussi, reprit-elle. Si tu crois que j'irais *où que ce soit* avec un naze comme toi, tu te fais des films.

Christian recula d'un pas chancelant, en faisant mine d'être horrifié.

– Ouh ! s'écria-t-il en se plaquant les mains sur la poitrine. Ça fait mal. Tu me tues, bébé.

Adam, qui apprécia la blague, éclata d'un rire tonitruant. Alex eut envie de l'étrangler.

Mais Polly n'avait pas encore fini. Elle s'approcha de Christian et lui sourit, en poursuivant d'un ton parfaitement dégagé :

– Tu sais quoi ? J'ai failli dire oui pour cette soirée, mais je me suis rendu compte que je ne te connaissais pas assez bien. En fait, j'allais attendre une semaine et te proposer une sortie au cinéma à la place.

Pour la première fois depuis qu'elle le connaissait, Alex vit Christian paraître incertain. Il changea totalement d'attitude, tout à coup. À moins qu'elle ne se méprenne, il avait l'air flatté.

– Vraiment ? dit-il, les joues rouges de plaisir. Tu voulais sortir avec moi ?

Polly approcha son visage tout près du sien et, pendant un instant de stupeur, Alex crut qu'elle allait l'embrasser sur la joue – mais son amie s'écarta brusquement et éclata de rire.

– Tu rêves ! lâcha-t-elle méchamment. Comme si je pouvais avoir envie de sortir avec quelqu'un comme toi ! Contrairement à toi, je ne suis ni débile ni désespérée !

Elle se détourna et lança une dernière pique :

– D'ailleurs, avec l'haleine que tu as, une pastille à la menthe ne te ferait pas de mal !

Il y eut un moment de silence absolu. Quelques filles de cinquième passaient par là, et Alex eut la satisfaction de les voir montrer Christian du doigt en riant. Humilié, il devint cramoisi.

– Pol, tu as... vraiment... ASSURÉ UN MAX ! commenta Alex en éclatant de rire.

– Du génie, du pur génie ! renchérit Emma avec un grand sourire.

Elles s'éloignèrent bras dessus bras dessous, en riant toujours. Derrière elles, Christian donna un coup de poing dans le bras d'Adam et cria quelque chose aux filles, mais sa voix fut noyée dans le brouhaha de la cour de récréation.

—

Impatiente, Alex ne put s'empêcher de danser d'un pied sur l'autre pendant que Miss LaSalle s'adressait à la classe :

– Bien. Comme je vous l'ai déjà dit, un bon acteur ne doit pas agir, mais *réagir*.

Miss LaSalle marqua une pause pour s'assurer que tout le monde l'écoutait.

– Les clins d'œil qui tuent, c'est juste un jeu, mais c'est aussi un très bon exercice pour travailler les qualités de base du comédien…

Alex n'écoutait qu'à moitié.

– J'espère que je ne serai pas l'assassin, chuchota-t-elle, excitée.

Emma se tourna vers elle.

– Pourquoi ?

– Je ne sais pas faire les clins d'œil, répondit Alex sérieusement.

Elle en fit rapidement la démonstration à Emma et Polly.

– Lamentable ! reconnut Emma en gloussant. Tu as fermé les deux yeux !

Alex haussa les épaules.

– C'est pareil chaque fois. J'ai essayé de m'entraîner, mais je n'y arrive toujours pas. Manifestement, mes paupières refusent de bouger séparément.

Emma lui posa les mains sur les épaules et la regarda droit dans les yeux.

– C'est facile, dit-elle. Fais comme moi.

Polly lâcha un gloussement.

– Si vous vous voyiez, toutes les deux !

– Chut ! siffla Emma. C'est sérieux. Bien, Al, regarde-moi dans les yeux. Maintenant, détends-toi et fais le vide dans ta tête. Essaie d'oublier que tu veux faire un clin d'œil et de penser à autre chose.

– Comme quoi ? demanda Alex, qui n'arrivait plus à penser à quoi que ce soit *d'autre* que les clins d'œil, à présent.

– Je ne sais pas. Sers-toi de ton imagination. Bon, quand je te donnerai le signal, détends-toi et laisse aller ta paupière. N'y réfléchis pas trop, contente-toi de faire comme moi, d'accord ?

Alex hocha la tête.

– Génial, dit Emma. Prête ? À trois, tu vas me faire un clin d'œil. Un… deux… trois… clic !

– Alors ? Comment je m'en suis sortie ? demanda Alex.

Emma et Polly échangèrent un regard.

– Tu as encore cligné les deux paupières, malheureusement, lui avoua Emma.

– Je me contenterais de mourir, si j'étais toi, ajouta Polly, diplomate.

– Continue juste à t'entraîner, reprit Emma. Si tu te souviens bien de ce que je t'ai dit, Alex, tu seras bientôt capable de faire un superbe clin d'œil qui tue !

– Je préfère mourir, de toute façon, répondit Alex avec un haussement d'épaules, en reportant son attention sur l'atelier théâtre.

– Moi aussi, l'approuva Polly. Je suis super impatiente d'essayer mes tressautements.

Alex eut un air perplexe.

– Tes tressautements ?

– Ouais. Mon frère m'a expliqué que lorsque quelqu'un meurt, ses nerfs continuent à fonctionner très longtemps après. Ça fait tressauter tout son corps comme un malade – vous savez : les bras, les jambes et tout.

Miss LaSalle tapa dans ses mains pour réclamer le silence.

– C'est le moment de désigner un assassin, annonça-t-elle. Mettez vos chaises en cercle.

Au milieu des grincements de chaises, Christian et Adam s'approchèrent d'Alex, Emma et Polly. Alex s'attendait à des représailles, après le coup d'éclat de Polly un peu plus tôt. Mais, pour quelqu'un qui venait d'essuyer une telle humiliation, Christian paraissait étonnamment calme.

– Qu'est-ce que tu veux, toi ? lui demanda sèchement Emma, les sourcils froncés.

– Les filles, commença Christian, les mains levées en signe de soumission. À propos de ce qui s'est passé tout à l'heure...

Son visage semblait exprimer les regrets les plus sincères.

– J'ai réfléchi à ce que vous avez fait et je voulais juste vous dire que je comprends. Je l'ai mérité. J'ai été grossier avec Polly, c'était vraiment déplacé.

Les filles échangèrent des regards soupçonneux. « Cette journée devient de plus en plus bizarre », songea Alex. Elle n'avait jamais entendu Christian présenter ses excuses à qui que ce soit, *jamais*. Peut-être que Polly avait réussi à l'ébranler, finalement.

– Polly, je suis *sincèrement* désolé de t'avoir blessée, continua Christian.

Il sortit un sachet de bonbons de sa poche et le lui tendit.

– J'ai pensé que ça pourrait m'aider à me faire pardonner.

Emma fut la première des trois amies à réagir.

– C'est un piège, Polly. Ne les prends pas.

Polly hésita.

– Tu ne me fais toujours pas confiance ? dit Christian, qui paraissait blessé. Alors que je t'ai présenté des excuses et tout ?

Il ouvrit le sachet et prit un bonbon, qu'il fourra dans sa bouche.

– Regarde, ils sont vraiment bons, franchement.

– Eh bien… il a l'air sincère, chuchota Polly, qui hésitait toujours un peu, à l'attention d'Alex.

Elle se tourna vers Christian.

– Si tu le penses vraiment, quand tu me dis que tu es désolé et tout, je suppose que ça ne peut pas me faire de mal…

Elle prit un bonbon et le mit dans sa bouche.

Christian regarda Adam et les deux garçons échangèrent un sourire.

– C'est bon ? demanda Christian, tandis que son air aimable se transformait en rictus moqueur – une expression plus habituelle chez lui.

– Berk ! cria Polly, le visage plissé de dégoût. C'est un bonbon au poivre… dégoûtant !

Elle le recracha dans sa main.

Pour Alex, ce fut la goutte d'eau qui fait déborder le vase.

– Tu sais quoi, Christian ? J'en ai ma claque, de toi et de tes méchantes petites farces. Il est temps que quelqu'un te donne une leçon.

Christian la foudroya des yeux et Alex regretta aussitôt ce qu'elle avait dit. Elle éprouva un inexplicable pincement d'inquiétude. Sans prévenir, il se pencha vers elle et murmura d'une voix doucereuse :

– Alex... C'est moi le maître de la vengeance.

Il lui adressa un sourire entendu et conclut :

– J'aurais pensé que tu étais bien placée pour le savoir, toi !

À cet instant, Miss LaSalle frappa de nouveau dans ses mains pour réclamer le silence.

– Quand tu seras prêt, Christian, les clins d'œil qui tuent pourront commencer !

Alex se dépêcha de prendre place dans le cercle, soulagée de rejoindre Emma et Polly. Elle frissonnait encore après sa confrontation avec Christian.

– Que tout le monde ferme les yeux ! ordonna Miss LaSalle.

Alex ferma les yeux. L'incident avec Christian l'avait perturbée, mais elle ne pouvait pas se permettre de se laisser déconcentrer maintenant. Pas après avoir travaillé si dur pour préparer ce moment. Elle fit le vide dans son esprit et s'efforça d'oublier la menace de Christian. Rien d'autre ne comptait que le jeu, pour le moment, et Alex pria pour ne pas sentir Miss LaSalle lui tapoter l'épaule. Elle ne voulait vraiment, vraiment pas être choisie pour faire l'assassin ou le détective. Le tic-tac de la grande horloge chromée qui était fixée au mur rythma l'attente.

Soudain, la voix de Miss LaSalle brisa le silence :

– Ouvrez les yeux, tout le monde !

Alex poussa un soupir de soulagement. Elle n'avait pas senti de tape sur son épaule. Ce ne serait donc pas elle. À ses côtés, Polly ouvrit les yeux et se pencha vers elle.

– Regarde qui Miss LaSalle a choisi comme détective ! chuchota-t-elle.

Alex se tourna vers la personne postée au milieu du cercle : une grande brune dégingandée, avec les cheveux gras et des lunettes en cul de bouteille, qui avait l'air de vouloir disparaître dans un trou de souris. Alex entendit Christian marmonner entre ses dents :

– Oh non, pas Theresa ! Vu comme elle est bigleuse, on sera tous morts d'ici une minute. Quelle idée de la choisir, elle ! Il n'y a personne qui aurait pu être pire, à part Polly !

Alex le fusilla du regard.

– Tu es une vraie vache.

– Et c'est une insulte pour les vaches ! renchérit Emma.

– Merci, les filles, dit Polly.

Pourtant, Alex voyait bien que les réflexions de Christian commençaient sérieusement à l'atteindre. Elle lui pressa le bras et sourit, puis lui fit un clin d'œil.

– Garde la tête haute, Polly. Il va bientôt se lasser… Il est tellement immature !

– Je vais essayer, dit Polly.

Puis elle s'esclaffa.

– Hé, Alex, tu as vu ce que tu viens de faire ?

Alex eut un air confus.

– Tu m'as fait un clin d'œil !

– Ah oui ? s'écria Alex, surprise.

Elle ne l'avait même pas remarqué.

– Attends que je le dise à Emma, gloussa Polly. Elle ne me croira jamais !

– Le jeu peut commencer, continua Miss LaSalle avec un grand geste théâtral. Maintenant... il nous faut un silence complet. Theresa, bonne chance. Et bonne chance au mystérieux assassin. Maintenant, allez-y.

Pendant un bon moment, il ne se passa rien, mais Alex était si excitée qu'elle ne put s'empêcher de s'agripper aux accoudoirs de son siège. « Pitié, faites que ce soit moi », pensa-t-elle en s'imaginant soudain à l'atelier de théâtre, en train de travailler avec des acteurs célèbres. Tout à coup, Tim Lawton se jeta au pied de sa chaise et s'affala maladroitement par terre. Alex grogna, déçue. Elle devrait attendre que son tour vienne. Le mystérieux assassin avait choisi sa première victime.

« Lamentable ! songea-t-elle. Il aurait pu faire un peu d'efforts pour mourir correctement, au moins. » Elle le voyait jeter des coups d'œil sous ses paupières entrouvertes et sourire alors qu'il était censé être un corps sans vie. Mais l'avantage, s'ils devaient tous être aussi nuls, c'est qu'Alex n'aurait pas de concurrence – elle serait certainement la meilleure ! Elle jeta un regard en biais à Polly et s'aperçut que son amie était étrangement calme, et très pâle.

« Ça va ? » articula silencieusement Alex.

Polly hocha faiblement la tête.

– Très bien.

Alex ne fut pas convaincue.

– Tu es sûre ?

Elle posa la main sur celle de Polly, qui était gelée. Miss LaSalle darda sur elle un regard sévère.

– Quand tu auras fini, Alex…

– Excusez-moi, Miss !

La jeune fille reporta son attention sur le jeu. Elle fixa tout le monde dans le cercle, espérant croiser le regard de l'assassin et se faire adresser un clin d'œil, mais à sa grande frustration, elle ne vit rien. Pas même un battement de cils. De l'autre côté du cercle, des toussotements brisèrent brusquement le silence. Greg Coulton porta la main à sa gorge et lâcha un cri étranglé. Alex regarda Theresa tourner désespérément sur elle-même, mais c'était trop tard

– une autre victime était morte, et l'assassin n'avait pas été pris.

Cette fois, Alex fut bien plus impressionnée. Greg y mettait décidément tout son cœur ; sa mort était d'ailleurs interminable. À genoux, il suffoquait et gesticulait frénétiquement. C'était décidément plus divertissant que la pitoyable prestation de Tim.

Alex s'agita sur son siège. « Qu'est-ce que l'assassin attend pour attaquer une nouvelle fois ? » se demanda-t-elle avec irritation. Elle attendit, échangeant des regards avec tout le monde. Mais personne ne lui fit de clin d'œil. Alex ne savait absolument pas qui était l'assassin.

Elle se tourna vers Polly pour lui demander si elle l'avait repéré, mais son amie avait les yeux fixés sur le milieu du cercle, refusant de regarder les autres. Alex lui donna une tape sur la jambe. Les yeux marron de Polly se posèrent un instant sur elle avant de se révulser et de se fermer.

« Oh non ! Toi aussi ? » grogna mentalement Alex.

Mais elle fut éblouie par la qualité du jeu de son amie. De tous ceux qui étaient « morts » jusque-là,

Polly était de loin la meilleure. Elle s'était levée précipitamment de sa chaise et se tenait pliée en deux, haletante. Alex songea qu'une véritable asthmatique aurait eu du mal à faire mieux. Soudain, Polly tomba à genoux, en agrippant Alex en chemin. Celle-ci attendit qu'elle se mette à tressauter. Elle était impatiente de voir comment Polly s'y prendrait. Mais son amie semblait avoir abandonné l'idée. Finalement, elle lui plantait ses ongles de plus en plus profondément dans la cuisse.

– Ça va, Polly, chuchota Alex. Arrête, maintenant… Aïe ! Tu me fais mal !

Elle décrocha les ongles de Polly de sa cuisse et reposa délicatement sa main par terre. Ce faisant, elle s'aperçut que la main de son amie était froide et moite.

Pendant un moment qui parut durer des heures, Polly continua d'être secouée par des haut-le-cœur et des frissons. Alex fut prise d'angoisse quand de la bave blanche se mit à écumer autour de sa bouche. Elle entendit les autres élèves hoqueter de stupeur autour d'elle, tandis que Polly se tordait et sursautait. Son numéro était si convaincant qu'il en était terrifiant. Toute la classe se tut, fascinée, les yeux rivés sur le corps inerte étendu par terre. Mais Polly ne bougea pas. Même sa poitrine était immobile. Elle n'était pas soulevée et rabaissée par sa respiration, ni même remuée par le moindre frisson. L'estomac d'Alex se noua et une idée affolante germa dans son esprit.

Quelqu'un prit la parole :

– Allez, Polly, arrête de faire semblant et lève-toi.

Il n'y eut pas de réaction.

– Elle ne fait pas semblant ! souffla Alex d'une voix rauque.

– Qu'est-ce que tu dis ? demanda Emma, tremblante.

Alex haussa le ton :

– J'ai dit que Polly ne fait pas semblant ! Elle a un problème.

Les visages de toute la classe, y compris celui de Miss LaSalle, semblaient figés dans un masque d'épouvante. Personne ne bougea.

– Qu'est-ce que vous attendez, tous ? hurla Alex. Que quelqu'un appelle une ambulance TOUT DE SUITE !

Elle entendit un sanglot derrière elle : quelqu'un s'était mis à pleurer dans la salle, mais Alex ne s'inquiétait que pour Polly. Elle se jeta par terre et prit la tête de son amie dans ses bras.

– Ça va aller, Polly, tu vas t'en sortir.

Mais le visage de la jeune fille ne laissa paraître aucun signe montrant qu'elle comprenait ce qu'Alex lui disait. Des larmes brûlantes coulèrent des yeux d'Alex et éclaboussèrent la joue de son amie étendue.

Soudain, toute la classe parut entrer en éruption. Miss LaSalle retrouva ses esprits et envoya Tim Lawton appeler les secours.

– Dis-leur que c'est une urgence ! lança-t-elle derrière lui.

Alex vit le visage horrifié de son camarade disparaître dans le couloir et pria pour qu'il se dépêche. Elle remarqua distraitement qu'Emma s'élançait à sa suite en courant pour l'aider. Tout autour d'elle, des gens sanglotaient ou se tenaient en groupes silencieux, le visage livide à cause du choc. Alex, elle, ne s'éloigna pas un instant de son amie.

– Allez, Polly, la supplia-t-elle. Accroche-toi, s'il te plaît !

Mais quand le bruit de sirène retentit, les lèvres de Polly viraient déjà au bleu.

Puis Alex sentit des mains se poser sur ses bras et la soulever pour l'écarter de son amie.

– Elle va s'en sortir, hein ? demanda-t-elle aux secouristes.

Prise de nausées, elle regarda les deux ambulanciers en veste fluorescente commencer les manœuvres de réanimation sur Polly.

Mais au fond de son cœur, elle savait. C'était trop tard.

Polly était morte.

—

Dans la cour de récréation, Alex s'accrochait désespérément à Emma, le corps secoué de sanglots. Les secouristes étaient toujours dans la salle, en train de s'affairer autour du corps de la pauvre Polly. Totalement éperdue, elle ne remarqua même pas que les larmes d'Emma trempaient la manche de son sweat-shirt.

– C'est impossible, murmura-t-elle entre deux sanglots. Je veux dire… Elle était un peu pâle quand le jeu a commencé, mais elle m'a dit que ça allait.

– Et moi, j'ai cru que ses halètements et tout, ça faisait partie de son numéro, hoqueta Emma, les joues rouges et marbrées de larmes. Si seulement elle avait dit quelque chose au début... Si seulement elle nous avait prévenues qu'elle ne se sentait pas bien ! Dans ce cas, on aurait pu intervenir plus tôt.

– On aurait pu la sauver, chuchota Alex – et des larmes se remirent à couler sur son visage.

Elle ferma les yeux en se remémorant les cris de ses camarades de classe quand Polly s'était écroulée par terre. Tout le monde pleurait en quittant la salle de théâtre, même les garçons. Le seul qui n'avait pas eu l'air troublé, c'était Christian Francis. Son visage était d'un calme olympien quand il était passé devant elle dans le couloir.

Alex regarda Emma.

– Qu'est-ce qu'on va bien pouvoir faire ?

Mais son amie ne fit que secouer la tête, les joues striées par des larmes silencieuses.

Alex se mordit durement la lèvre. Elle se sentait tellement *inutile* ! Les deux secouristes apparurent à la porte, en conversation animée avec le principal.

– Viens, dit Alex en s'essuyant les yeux et en se faufilant parmi la foule bourdonnante. Je veux savoir ce qu'ils disent.

– … On ne peut détecter aucun signe évident pour le moment, expliquait l'un des secouristes.

Le principal avait un air grave.

– Vous voulez dire que vous n'avez pas la moindre idée de ce qui a pu causer la mort de Polly ?

– On ne peut pas le savoir sans pratiquer une autopsie, malheureusement, répondit l'homme.

Le principal se tourna vers Miss LaSalle, qui se tenait à proximité. Alex vit qu'elle avait le teint grisâtre et qu'elle tremblait.

– Je crois que, dans ces circonstances, le collège devrait fermer pour la fin de la journée.

Mais Alex n'avait pas envie de temps libre. Une demi-journée de liberté ne lui ramènerait pas Polly. Elle voulait découvrir ce qui avait tué son amie.

—

Alex et Emma rentrèrent chez elles ensemble, sans se presser, en s'efforçant tant bien que mal de digérer ce qui s'était produit.

– Pourquoi n'ont-ils pas voulu nous laisser rester ? grommela Alex. La police voudra sûrement interroger des témoins et c'est nous qui la connaissions le mieux.

Elle donna un coup de pied dans un emballage de hamburger froissé qui gisait sur le trottoir.

– À quoi ça sert qu'on soit chez nous ?

Emma hocha la tête, l'air désespéré.

– Je n'arrive toujours pas à y croire. Polly était tout le temps en bonne santé. Je ne me souviens même pas de la dernière fois qu'elle a raté les cours pour cause de maladie.

– C'est bien ce que je veux dire, l'approuva Alex. Il y a *forcément* une raison pour laquelle elle s'est soudain effondrée comme ça. Ce qui a causé sa mort a dû se passer au collège !

– Pas nécessairement... répondit Emma, songeuse. La semaine dernière, j'ai vu un documentaire intitulé *Maladies mortelles, l'ennemi caché*. Tu l'as regardé ?

Alex secoua la tête.

Emma poursuivit :

– Eh bien, d'après cette émission, les morts subites sont assez courantes. Elles sont causées par des virus qui sont dans notre corps à l'état latent. Les gens vivent des années sans le moindre symptôme, mais un jour, quelque chose peut déclencher la maladie et alors…

Alex frissonna. Elle n'aimait pas l'idée que Polly ait pu avoir quelque chose d'horrible dans ce genre-là.

– Ça paraît peu probable, Emma. Je veux dire, je n'en ai jamais entendu parler.

– Ça arrive, insista Emma avec conviction. À mon avis, c'est une de ces maladies mortelles qui l'a tuée. Après tout, si les secouristes ne savent pas pourquoi elle est morte, quelle autre explication y a-t-il ?

– Je ne sais pas. Une allergie, peut-être…

Mais Alex eut beau se creuser la tête, elle ne trouva aucune chose à laquelle Polly avait été allergique. Soudain, ses jambes s'effondrèrent sous elle et elle dut s'asseoir sur le muret de rocaille du jardin d'un voisin. Sa tête se mit à tourner et elle réprima une furieuse envie de vomir, pendant que le sang battait contre ses tempes. Emma l'aida à parcourir les derniers mètres jusqu'à sa porte.

La mère d'Alex ouvrit aux deux filles et aida immédiatement Emma à installer Alex sur une chaise.

– Que s'est-il passé, Alex ? demanda-t-elle.

– Polly est morte ! gémit la jeune fille avant d'éclater en sanglots incontrôlables.

Emma resta figée à côté d'elle, les yeux rivés sur le tapis du salon.

– Morte ? Que veux-tu dire, Alex ? C'est une blague ?

La jeune fille se jeta dans les bras de sa mère.

– J'aimerais bien. J'aimerais vraiment que ce soit une blague. Elle a fait un malaise en cours de théâtre… et c'était fini. Elle ne s'est jamais relevée.

– Je vais rentrer chez moi, murmura Emma. Prends soin de toi, Alex. Appelle-moi si tu as besoin de quelque chose.

– Merci, Emma, dit Mrs Leigh d'une voix faible. Mais ne préfères-tu pas que je te raccompagne en voiture ? Après tout, vous venez d'avoir un choc terrible, toutes les deux.

Mais Emma secoua la tête, en luttant contre les larmes.

– Je pense que ça me fera du bien, de marcher un peu, si ça ne vous dérange pas, Mrs Leigh.

La mère d'Alex acquiesça. Alex ne fut même pas capable de dire au revoir à son amie. Elle avait l'impression que ses lèvres s'étaient collées et que si elle essayait de parler, elle risquait de vomir.

Elle ne parvint à se calmer que le soir. Sa mère lui prit la main et l'entraîna dans sa chambre, à l'étage.

– Pourquoi a-t-il fallu que ça arrive à quelqu'un comme Polly, maman ? demanda-t-elle pendant que sa mère la bordait.

Mrs Leigh la regarda tristement et secoua la tête.

– J'aimerais connaître la réponse, chérie, j'aimerais vraiment. Tout ce que je peux te dire, c'est que parfois la vie peut être terriblement injuste. On ne contrôle pas toujours les choses qui arrivent.

– Mais si j'étais intervenue plus tôt, maman, Polly serait peut-être encore là.

– Tu n'en sais rien, Alex, répliqua sa mère en lui caressant les cheveux. Personne ne peut l'affirmer avec certitude. Polly était sans doute très malade. Peut-être que même les médecins n'auraient rien pu faire.

Mais plus tard dans la nuit, Alex, parfaitement réveillée, cherchait encore des réponses malgré ce qu'avait dit sa mère. Tout ce qu'elle savait, c'était que Polly allait bien avant le début des cours. Il s'était forcément passé quelque chose ensuite pour que ça change. Mais quoi ?

Elle écouta ses parents, au rez-de-chaussée, parler tout bas d'une voix soucieuse. Chaque fois que ses paupières devenaient lourdes, une foule d'images des lèvres bleues et du corps sans vie de Polly l'assaillait et venait hanter ses rêves. Elle enfouit la tête sous son oreiller pour tenter de ne plus voir les yeux marron de son amie braqués sur elle.

—

Le lendemain, Emma rejoignit Alex devant le portail du collège. Elle avait les yeux rouges et brillants. Les deux filles se saluèrent, mais aucune ne trouva le courage de parler. Quand elles entrèrent dans la cour de récréation, Alex vit Christian debout dans un coin, avec un groupe d'élèves plus jeunes autour de lui. Elle sentit un nœud lui serrer l'estomac. Quand elle s'approcha, l'angoisse fut remplacée par de l'incrédulité. Il était en train de raconter la mort de Polly, avec force détails.

– … Elle avait les yeux exorbités, tout blancs… et c'est là qu'elle a commencé à s'étouffer.

Christian s'agrippa la gorge et se mit à hoqueter.

– … Ensuite, elle s'est mise à cracher de la bave et du sang…

Il s'écroula sur le banc et imita des convulsions.

– … et elle a tressauté comme une anguille électrique ou je ne sais quoi…

– Beurk ! cria une fille en se cachant le visage dans les mains. Tu l'as carrément vue mourir ?

Christian se redressa.

– Oh, oui, et c'est moi qui lui ai fait du bouche-à-bouche et qui ai appelé les secours. Mais c'était trop tard…

Ne supportant pas d'en entendre davantage, Alex se plaqua les mains sur les oreilles. Elle traversa la foule comme une bombe, avec des larmes de rage qui lui zébraient les joues.

– Tu es un vrai malade, Christian Francis ! rugit-elle, furieuse. Pourquoi tu mens à tout le monde ? Tu n'as pas essayé de sauver Polly, tu la détestais. D'ailleurs, tu es sans doute content qu'elle soit morte…

Il y eut un silence gêné, puis Adam Moran apparut à côté de Christian.

– Eh bien… moi, je pense qu'elle a été empoisonnée.

Christian lui jeta un regard furibond.

– Bien sûr que non, ne sois pas débile. Elle n'a pas été empoisonnée.

– Mais pourquoi elle s'est mise à saliver comme ça, alors ? insista Adam. Les rats font la même chose quand on leur donne de la mort-aux-rats.

– Ferme-la, Adam ! gronda Christian. C'était pas du poison, O.K. ?

– Ah, et tu le sais mieux que lui, peut-être ? le défia Alex. Tu es médecin, maintenant, en plus d'être idiot ?

En une seconde, Christian empoigna le bras d'Alex – brutalement.

– Lâche-moi, imbécile... tu me fais mal ! cria Alex.

Elle sentit le souffle de Christian sur sa joue quand il lui murmura à l'oreille :

– Je la fermerais si j'étais toi, Alex Leigh. Tu m'as déjà embêté une fois, et rappelle-toi ce qui t'est arrivé...

– Sale vache ! siffla Alex entre ses dents. Polly aussi t'a embêté, Christian, alors qu'est-ce que tu lui as fait ?

Tout à coup, Emma l'entraîna plus loin.

– Viens, Alex. Il n'en vaut pas la peine.

Alex frotta le haut de son bras et fusilla Christian du regard. Il avait un sourire hésitant, mais c'était le même qu'elle l'avait vu afficher le jour où elle avait trouvé un rat dans son pupitre. Elle se rappela l'indifférence qu'il avait manifestée pendant que Polly agonisait et en fut soudain troublée. C'était à croire qu'il s'y attendait. Elle se souvint de la dispute qu'il avait eue avec Polly juste avant le cours de théâtre et, pendant qu'Emma l'emmenait à l'intérieur du bâtiment, elle jeta un coup d'œil à Christian, derrière elle. Il débitait toujours son horrible récit de la mort de Polly ; Alex se demanda – pour la énième fois – jusqu'où il était prêt à aller au juste pour se venger.

—

– Comme vous le savez tous, une excursion au refuge animalier était prévue pour cet après-midi, et j'ai le sentiment que ce serait une très bonne idée d'y aller malgré tout, annonça Miss Wilson, la prof principale, pendant que les élèves gagnaient leurs places.

Alex ne trouva pas la force de regarder le pupitre de Polly.

Miss Wilson fit le tour de la salle pour distribuer des questionnaires et la jeune fille songea que ce serait un soulagement de sortir du collège pour une journée. Dès que le car franchit le portail de Gables, le refuge pour animaux, elle oublia un peu son chagrin.

Les élèves sortirent du car en file indienne et se rassemblèrent devant les bâtiments du refuge. Ils furent accueillis par une dame à l'air guindé et aux cheveux grisonnants.

– Bonjour, les enfants, dit-elle. Je m'appelle Celia Ambrose et je suis là pour vous accueillir au refuge. Bienvenue chez Gables, qui mérite bien son nom de « refuge » puisque nous offrons un abri et un foyer sûr à tous les chiens, chats et autres animaux que leurs propriétaires ne veulent plus ou maltraitent.

Alex, Emma et le reste de la classe suivirent Mrs Ambrose vers l'un des bâtiments.

– Maintenant, si vous voulez choisir un secteur à visiter, nos responsables seront disponibles pour répondre à toutes vos questions, dit Celia Ambrose.

Les chats sont logés le long de l'allée, les chiens au milieu, les lapins et les petits animaux dans ce bâtiment-ci, au fond.

– Je pars voir les chats, dit Emma.

Alex la regarda s'éloigner avec l'un des responsables. Elle n'aimait pas trop les chats – elle avait toujours préféré les chiens… comme Polly. « Non, pas maintenant », se réprimanda-t-elle sévèrement. Elle s'efforça de ne pas penser à Polly. « Elle aurait aimé cet endroit, alors profites-en pour deux. »

Alex passa quelque temps à observer les chinchillas, puis se dirigea vers l'enclos des chiens. Deux employés du chenil se débattaient avec une petite horde bondissante, les mains pleines de laisses. Il y avait des chiens de race et des bâtards ; des jeunes chiots et des vieux chiens abandonnés aux moustaches grisonnantes. Alex s'accroupit au milieu d'un petit groupe hirsute, et un terrier dégarni avec une barbiche blanche agrippa aussitôt son lacet, refusant de la laisser passer.

– Ça, c'est Sonny, l'informa l'un des employés du chenil. Un vrai petit fripon. Il est arrivé chez nous l'année dernière avec juste la peau sur les os, rongé jusqu'au sang par la gale. Ses propriétaires le laissaient attaché dans la cour et ne lui donnaient pratiquement rien à manger.

– Viens ici, toi, dit Alex à l'animal en se penchant pour le caresser.

Elle pensa à Polly et des larmes lui piquèrent les yeux. Elle les essuya du revers de la main, quand une ombre noire s'abattit sur eux. Elle leva la tête. C'était Christian Francis.

– Je vois que tu as trouvé un bâtard plein de puces, Alex, commenta-t-il d'un ton menaçant. Et maintenant que je vous regarde, tous les deux, je vois que vous avez beaucoup de choses en commun.

Alex sentit monter une bouffée de rage, mais avant qu'elle puisse répliquer, Sonny se mit à gronder. Il montra les dents et aboya avec colère contre Christian. Alex prit le chien dans ses bras.

Christian eut un rictus amusé.

– Et il a aussi mauvais caractère que toi, Alex. Visiblement, vous êtes faits l'un pour l'autre.

– Tu voulais quelque chose de particulier ? lui demanda la jeune fille en s'efforçant de rester calme.

– Pas vraiment, dit Christian, qui souriait toujours. Mais ça me réchauffe le cœur que tu aies trouvé un autre chienchien pour te suivre partout, maintenant que Polly n'est plus là.

Alex se leva d'un bond, furieuse. Si Sonny n'avait pas attaqué le premier, Dieu sait ce qu'elle aurait pu faire au visage railleur de Christian. Mais Sonny sauta de ses bras et planta les dents dans la cheville droite du garçon. Christian hurla de douleur et tenta de décrocher le petit chien en secouant la jambe, mais Sonny se cramponna avec une sombre détermination.

– Décroche-le de moi ! cria Christian, paniqué.

Un grand sourire se dessina sur le visage d'Alex.

– Il n'a pas l'air de t'aimer beaucoup.

Elle tira doucement sur le collier du terrier. Sonny gronda, puis lâcha prise.

– Si ce petit imbécile avait égratigné mes nouvelles baskets, il l'aurait payé cher, siffla Christian.

– Bah, tu sais ce qu'on dit, rétorqua Alex. Les chiens reconnaissent les gens sympa et les gens méchants. Ils ont un sixième sens, apparemment.

– Il faudrait afficher une mise en garde du ministère de la Santé sur ce clébard ! hurla Christian.

En fait, si tu veux mon avis, il vaudrait même mieux l'abattre !

Alex regarda Sonny et, sans réfléchir, lui fit un clin d'œil. « Je deviens douée pour les clins d'œil ! » songea-t-elle en se rappelant qu'elle avait impressionné Polly juste avant sa mort.

– Bon garçon, Sonny, dit-elle en lui tapotant la tête.

Elle laissa Christian fusiller le chien du regard en se frottant la cheville et partit trouver Emma avant le départ de leur classe.

Au moment du retour, Alex observa Christian pendant qu'il gravissait les marches du car en boitant, puis s'installait à sa place, à côté d'Adam. Elle aurait dû se réjouir que Sonny l'ait mordu – le garçon ne méritait pas moins pour son comportement de ces derniers jours –, mais, en remarquant qu'il était l'objet de son attention, il lui sourit d'un air tellement content de lui qu'elle éprouva un pincement d'appréhension.

—

Alex était assise à la table de la cuisine. Sa mère posa une grande tasse de thé devant elle.

– Comment s'est passée votre excursion ?

– Très bien, merci, commença Alex. J'ai rencontré un petit chien nommé Sonny… Il ne voulait pas me lâcher. Polly l'aurait adoré…

La voix étranglée, elle s'arrêta là.

– J'en suis sûre, chérie, dit sa mère en lui pressant la main depuis l'autre côté de la table.

– J'aurais voulu le ramener à la maison, reprit soudain Alex. Il a eu une vie tellement difficile, maman. La dame a dit que Sonny avait besoin de quelqu'un comme moi, qui pourrait s'en occuper beaucoup et le promener souvent et tout, parce que ses derniers propriétaires l'avaient attaché dans leur cour et pratiquement laissé mourir de faim.

– C'est un dépliant sur le refuge, ça ?

Alex lui passa la brochure.

Sa mère la feuilleta pendant un moment.

– Et si on y faisait un saut après le dîner, quand ton père sera rentré, pour jeter un coup d'œil à ce merveilleux petit chien ?

Alex avait peine à y croire.

– Oh, maman ! hoqueta-t-elle. Tu ne le regretteras pas, je te le promets.

– J'espère bien que non ! gloussa Mrs Leigh.

– Je peux téléphoner à Emma pour lui proposer de venir avec nous ? demanda sa fille.

—

Alex n'en croyait pas ses oreilles.

– Mort ? répéta-t-elle doucement. Comment ça, Sonny est mort ? Je l'ai quitté il y a seulement quelques heures. Il était plein de vie, cet après-midi.

– Assieds-toi donc, ma chérie, lui suggéra sa mère. Mrs Ambrose va te l'expliquer.

Alex était hébétée. Elle s'assit lourdement sur une chaise à côté du bureau encombré de Mrs Ambrose.

– Je ne comprends pas, c'est tout.

– Nous non plus, répondit Mrs Ambrose. Le pauvre petit gars a fait un malaise juste après le départ de ta classe. Je n'avais vu ça qu'une seule fois auparavant. Ça a commencé par de terribles difficultés pour respirer, avec les poumons qui sifflaient comme un pneu crevé. Les surveillants ont appelé le vétérinaire, mais le temps qu'il arrive, Sonny était mort.

Elle tapota sa table avec un crayon.

– Il n'était pas beau à voir, pendant la crise : il avait les mâchoires toutes bleues et la gueule écumante. Puis ses yeux sont devenus bizarres, ils se sont révulsés et c'était fini. Nous sommes tous sacrément secoués, je peux te le dire.

Alex avait du mal à digérer la nouvelle. « D'abord Polly, et maintenant Sonny ! » pensa-t-elle. Ça commençait à faire beaucoup…

Emma lui passa un bras sur les épaules. Alex songea que la mort de Sonny ressemblait vraiment beaucoup à celle de Polly. « C'est forcément une coïncidence, non… ? »

Elle leva les yeux.

– Mrs Ambrose, vous avez dit que vous aviez déjà vu ça une fois ?

– Oui. Quand j'étais petite et que je vivais à la ferme de mes parents. Nous avions un chien berger qui est mort plus ou moins de la même façon. Le vétérinaire a dit qu'il avait été empoisonné.

Alex se redressa vivement sur sa chaise, avec l'impression qu'elle venait de s'électrocuter.

– Empoisonné ? souffla-t-elle.

– Il s'est avéré qu'il avait bu du parasiticide pour les moutons, expliqua tristement Mrs Ambrose. Un affreux accident.

Mais Alex ne l'écoutait plus. Elle avait l'atroce pressentiment que ce qui était arrivé à Polly et à Sonny n'était pas une coïncidence… et certainement pas un accident.

—

Emma palabra sans interruption sur tout le chemin du retour.

– Je ne peux pas croire que la mort de Sonny ait le moindre rapport avec celle de Polly, déclara-t-elle. Après tout, Mrs Ambrose nous a dit que Sonny avait montré des signes d'empoisonnement. Il a sans doute mangé quelque chose qu'il n'aurait pas dû.

Alex s'efforça de démêler mentalement le paquet désordonné de ses souvenirs des deux derniers jours. Quelqu'un d'autre n'avait-il pas évoqué aussi la possibilité d'un empoisonnement ? Elle repensa au matin même et à sa dispute avec Christian dans la cour du collège. Adam Moran avait émis l'hypothèse que Polly ait été empoisonnée. Mais Christian n'avait-il pas immédiatement repoussé cette idée ? Elle se frotta le bras en se rappelant comment il l'avait empoignée. Et que lui avait-elle répondu ? « Polly aussi t'a embêté, Christian, alors qu'est-ce que tu lui as fait ? »

Mr Leigh lui jeta un coup d'œil dans le rétroviseur.

– Ça va, Alex ? Tu ne dis rien.

– Moi ? fit Alex pendant que sa théorie se précisait dans sa tête. Ça va très bien.

C'était Christian Francis.

Il avait assassiné Polly.

Il avait également tué Sonny.

Tout concordait ! Christian était avec Sonny à peine quelques minutes avant que le petit chien s'effondre, et il avait eu cette prise de bec avec Polly le matin de sa mort. Alex fut prise de nausées, mais en même temps, elle se sentait étrangement déterminée. Christian ne supportait pas d'être humilié – la vengeance collait parfaitement comme mobile des meurtres de Polly et de Sonny !

Alex essaya d'organiser dans sa tête la série d'événements qui avait conduit à la mort de Polly. Quelques minutes seulement avant le début de la partie de clins d'œil qui tuent, Christian avait offert un bonbon à Polly, et elle avait commencé à se sentir mal aussitôt après. Christian avait dû trafiquer celui qu'il avait donné à Polly et en fourrer un ordinaire dans sa bouche à lui, pour empêcher tout soupçon.

En présence d'Alex, Christian n'avait rien donné à manger à Sonny, en revanche… mais elle les avait laissés seuls pendant un moment, quand elle était partie retrouver Emma avant de monter dans le car. Ça n'avait pas pu être bien long, mais Alex était certaine que Christian avait eu le temps de glisser au chien quelque chose de mortel.

Il les avait bel et bien tués tous les deux… et il avait fait ça avec du poison ! Alex n'avait plus qu'à trouver comment il s'y était pris.

—

Le concierge venait tout juste d'accrocher son manteau dans sa loge quand Alex arriva au collège. Elle avança sans bruit dans le couloir et gagna sa salle de classe. En regardant à l'intérieur, elle vit qu'il n'y avait encore personne – pas même Miss Wilson.

Alex hésita devant le pupitre de Christian. Dans des circonstances normales, l'idée de fouiller dans les affaires de quelqu'un ne lui serait jamais venue à l'esprit. Elle essaya de ne pas penser à ce qui risquait d'arriver si elle se faisait prendre et se prépara à ce qu'elle devait faire. « Les circonstances ne sont pas normales, se dit-elle, et Christian Francis l'est encore moins. »

Au premier coup d'œil, il ne semblait rien y avoir d'étrange dans son pupitre. Quelques livres avec des dessins griffonnés sur la couverture, des cahiers, trois crayons mâchés et une pomme à moitié mangée couverte d'un manteau de moisissure. « Il y a peut-être quelque chose en dessous », songea Alex. Le plus délicatement qu'elle put, elle fouilla plus profondément, mais eut la déception de ne rien trouver. Absolument rien. Elle commençait à perdre espoir. « C'est pas possible, songea-t-elle. Il y a forcément quelque chose ! »

– Alex Leigh ! Qu'est-ce que tu cherches dans le pupitre de Christian ? demanda une voix impérieuse depuis le seuil.

Alex eut l'impression que son cœur allait exploser dans sa poitrine. C'était Miss Wilson.

– Hum… euh… bafouilla-t-elle, paniquée.

Elle sentait qu'elle avait les joues en feu. En désespoir de cause, elle jeta un coup d'œil au bazar entassé dans le pupitre de Christian. Son regard tomba sur un cahier abîmé avec des éprouvettes gribouillées sur la couverture.

D'un mouvement rapide comme l'éclair, elle prit le cahier et l'agita devant Miss Wilson.

– Son cahier de chimie, Miss, improvisa-t-elle. Christian m'a dit que je pouvais le lui emprunter pour recopier ses notes.

Alex sentit un picotement dans sa nuque. « C'est forcément ça ! songea-t-elle. La chimie ! Il y a des tas de produits toxiques dans un labo de chimie. »

Miss Wilson la considéra encore un moment.

– Hum… Bien, juste pour cette fois, alors. Tu connais les règles, Alex, dit-elle en posant une pile de livres sur son bureau, à l'avant de la salle. Maintenant, retourne dehors jusqu'à la sonnerie, s'il te plaît.

Au lieu de sortir, Alex se dirigea vers la bibliothèque. Elle avait deux heures de chimie ce matin, et elle était décidée à faire quelques recherches sur les poisons avant d'entrer en classe. Elle n'arrêtait pas de penser à l'expression que Christian avait eue au refuge pour animaux – ça lui rappelait la façon dont il avait regardé Polly juste avant qu'elle meure. Un frisson lui parcourut la colonne vertébrale.

Alex chercha frénétiquement des pistes sur Internet. Il fallait qu'elle trouve quels poisons Christian avait pu prendre au laboratoire de science. Elle jeta un coup d'œil nerveux à l'horloge – il ne lui restait plus que quelques minutes avant l'appel, puis le cours de chimie.

Elle appuya sur le bouton « rechercher » pour la centième fois, lui sembla-t-il, et quelque chose apparut soudain juste devant ses yeux sur l'écran. Elle fut secouée par un nouveau frisson et une main glacée se referma sur sa nuque.

Arséniure de manganèse : en cas d'ingestion, provoque constriction des voies respiratoires, lèvres bleues, convulsions, salivation écumante autour de la bouche et, s'il est pris en quantité suffisamment importante, la mort. On le trouve dans diverses entreprises commerciales et dans les laboratoires.

L'arséniure de manganèse. Alex était sûre d'en avoir vu dans le laboratoire de chimie du collège !

La cloche sonna. La jeune fille se dirigea vers la salle de classe et remit discrètement le cahier de Christian dans son pupitre avant que quelqu'un d'autre arrive. Le cœur battant, elle étudia ses différentes options. Elle pouvait attendre que Christian agisse, et le prendre sur le fait pendant qu'il volait du poison. Mais ça laissait une trop grande marge d'erreur. Et si Christian ne tentait rien cette semaine ? Comment pourrait-elle prouver ce qu'il avait fait ? Ce serait comme le coup du rat. Aucune preuve. Elle essaya de ne pas envisager ce cas-là. Non, il y avait forcément un autre moyen d'agir. Il fallait carrément qu'elle fasse disparaître le poison.

—

La classe entra dans le laboratoire de chimie et Alex s'installa à sa place habituelle. Elle découvrit avec frustration qu'Emma, penchée au-dessus des becs Bunsen, était en train de se disputer avec Christian. Flanqué d'Adam Moran, comme à l'habitude, il avait un sourire suffisant.

Alex vit Emma pointer Christian du doigt.

– Il faut une autorisation spéciale pour amener des déchets toxiques dans ton genre au collège !

Une ombre passa sur le visage de Christian.

– Tu devrais surveiller ta langue, Emma, siffla-t-il. Elle va t'attirer de sérieux ennuis.

À cet instant, Mr Malone, le prof de chimie, entra dans la pièce.

– Bien, dit-il en enfilant une blouse usée. J'ai besoin de quelqu'un de sérieux pour m'aider à distribuer les produits nécessaires pour les expériences d'aujourd'hui.

C'était précisément l'occasion qu'Alex attendait. Sans lui laisser le temps de boutonner sa blouse, elle se précipita auprès de lui.

– Je vais vous aider, moi, Mr Malone !

Il la conduisit vers le placard du fond de la salle, qui contenait tous les produits dangereux.

– Nous allons étudier l'oxydation, aujourd'hui, annonça-t-il en faisant cliqueter ses clés, alors il va nous falloir une boîte de clous.

Alex parcourut le placard du regard. Le voilà ! *Arséniure de manganèse*. Le flacon était sur la troisième étagère, à côté du Tupperware qui contenait des clous en fer. Pendant une seconde, elle envisagea de le voler. Il suffisait qu'elle le fourre dans sa poche et il serait hors d'atteinte pour Christian. Mais que ferait-elle ensuite avec un flacon de poison ? Ça pourrait abîmer la robinetterie, si elle le vidait dans un évier, et elle risquait de se faire prendre. Ensuite, une autre solution lui vint à l'esprit – la seule solution définitive qu'Alex puisse trouver. Elle tendit la main et saisit la boîte en plastique remplie de clous, en prenant soin de heurter vivement le flacon de poison en même temps. Il tomba sur le carrelage, où il se brisa en mille morceaux.

Mr Malone leva les mains, furieux.

– C'était le seul flacon d'arséniure de manganèse que nous avions, et c'est très coûteux à remplacer ! Franchement, Alex, je croyais qu'on pouvait te faire confiance.

– Je suis désolée, répondit Alex. Je vais vous aider à nettoyer.

Mais elle n'était pas désolée du tout – au contraire, elle était follement soulagée.

– Non, tu ne vas pas toucher à ça, grogna Mr Malone. C'est un produit toxique. Va chercher le concierge – il a le matériel adapté pour nettoyer ce genre de choses sans risque.

Avec un sourire, Alex se dirigea vers la porte. En chemin, elle ne put s'empêcher de darder sur Christian un regard triomphant. Bizarrement, il n'avait pas l'air de se soucier le moins du monde de l'incident. Il s'intéressait plus à son bec Bunsen, avec lequel il essayait d'enflammer le bout de son crayon. Alex fronça les sourcils. Christian aurait sûrement dû être furieux contre elle, non ? Elle venait de détruire son poison et il semblait s'en moquer totalement.

De plus en plus perplexe, elle gagna la loge du concierge. Pour la première fois, elle commença à douter sérieusement de sa théorie. Peut-être que Christian n'avait pas empoisonné Polly et Sonny, finalement. Peut-être qu'il avait employé une autre méthode. Ou, pire encore, peut-être qu'il n'avait rien à voir avec tout ça. En marchant dans le couloir, elle repassa inlassablement les événements des deux derniers jours dans sa tête. C'était *forcément* Christian. Après tout, qui d'autre avait eu l'occasion de les tuer ? À part lui, Alex était la seule personne à avoir été près d'eux avant qu'ils s'effondrent.

Elle frappa à la porte du concierge et expliqua ce qui s'était passé. Il s'arma d'un seau et d'une serpillère et se mit en route vers le laboratoire de chimie.

Tout à coup, Alex se sentit vidée de son énergie. Les morts de Polly et de Sonny avaient dû l'affecter plus encore qu'elle ne l'avait cru, car elle était épuisée, et ce n'était que la première heure de cours de la journée. En retournant en classe, elle s'arrêta dans les toilettes des filles pour prendre le temps de se ressaisir.

Elle s'aspergea le visage d'eau froide et renoua sa queue-de-cheval.

– Bon, se dit-elle à elle-même, tu as fait tout ce que tu pouvais.

Tout était si normal, une semaine plus tôt ! Elle vivait dans un autre monde, désormais, un monde à des millions de kilomètres de sa vie d'avant. Alex vérifia une dernière fois son reflet dans le miroir au-dessus du lavabo et se fit un clin d'œil. Elle devenait douée pour les clins d'œil, maintenant. Puis elle se figea et se considéra d'un air effaré.

Un clin d'œil.

C'est par là que tout avait commencé ! Un stupide jeu de clins d'œil qui tuent. Le jeu, le cours de théâtre… tout ça paraissait tellement futile, à présent, bien que ça lui ait semblé si important sur le moment !

Le bruit de ses pas résonna dans le couloir tandis qu'elle se hâtait de regagner la salle de classe. Mais depuis qu'elle était sortie des toilettes, Alex avait la poitrine oppressée et sa respiration était devenue laborieuse. C'était peut-être de l'angoisse après ce qui s'était passé, ou peut-être même son imagination, raisonna-t-elle en continuant son chemin.

Mais son état empira.

À force de peiner pour respirer, Alex fut soudain prise d'étourdissements. Elle sentit carrément ses yeux se révulser. Terrorisée, elle tendit désespérément la main vers la poignée de la porte du laboratoire de chimie, mais ses jambes s'écroulèrent sous elle. Elle avait l'impression que quelque chose de très lourd lui était tombé dessus, chassant tout l'air de ses poumons. Son corps commença à se convulser et à tressauter. Elle ne pouvait rien faire pour l'en empêcher.

C'est à ce moment-là qu'elle comprit la sinistre vérité. Elle sut enfin qui avait tué Polly et Sonny, en réalité.

Ce n'était pas Christian Francis.

C'était elle.

Sa poitrine s'immobilisa pendant que des images défilaient dans son esprit. Elle se vit en train de faire un clin d'œil amical à sa meilleure amie Polly en cours de théâtre, juste avant le début du jeu, puis recommencer avec Sonny pour le féliciter d'avoir mordu la cheville de Christian. Enfin, quand la mort referma ses griffes sur sa gorge, Alex se souvint qu'elle avait fait un clin d'œil à son propre reflet dans le miroir.

Trop tard, les paroles d'Emma revinrent la hanter : « Si tu te souviens bien de ce que je t'ai dit, Alex, tu seras bientôt capable de faire un superbe clin d'œil qui tue »...

TABLE DES MATIÈRES

VOUS AVEZ EU PEUR ?
PRÊT À RECOMMENCER ?

Découvrez de nouvelles histoires
qui vous pétrifieront d'effroi !

THE MIDNIGHT LIBRARY

VOLUME I : LES VOIX

VOLUME II : DU SANG SUR LE SABLE

VOLUME III : L'ULTIME PARTIE

VOLUME IV : LES CHATS

N° d'éditeur : 10143944 – Dépôt légal : février 2008
Imprimé en France par Hérissey à Évreux - N° 107084